SHANGHAI LITERATURE & ART PUBLISHING GROUP

故事会
精品系列

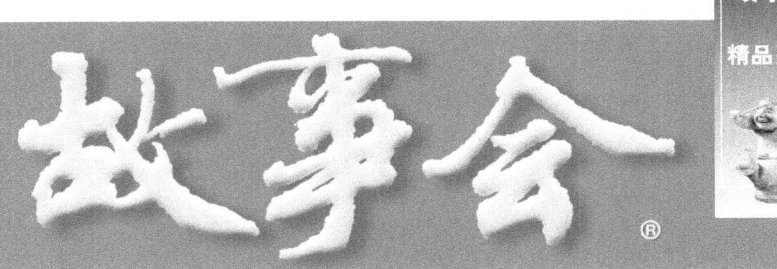

故事会

发财故事

I0517152

上海锦绣文章出版社
上海故事会文化传媒有限公司

上海文艺出版（集团）有限公司

图书在版编目（CIP）数据

发财故事 《故事会》编辑部编 — 上海：上海锦绣文章出版社
（故事会精品系列） ISBN 978-7-5452-0252-6

Ⅰ.①发...Ⅱ.①故...Ⅲ.故事—作品集—世界 Ⅳ.I14

中国版本图书馆 CIP 数据核字 (2009) 第 015622 号

丛 书 名：故事会精品系列

书 名：发财故事

主 编：何承伟

编 委：何承伟 吴 伦 姚自豪 夏一鸣

责任编辑：刘迎曦 鲍 放

装帧设计：王 伟

责任督印：张 凯

出 版： 上海锦绣文章出版社

上海故事会文化传媒有限公司

POD 海外发行： 中国图书进出口上海公司

电话：021-36357888

传真：021-36357896

地址：上海市虹口区广中路 88 号

邮编：200083

目 录

钱难通神

因 财 起 祸

不义之财使多数人难以自拔,受
害无穷。

银元祸

红山县近来流传着这样一首歌谣:

　　一块银元起风波,
　　三家人亡家又破;
　　汗水换钱钱是福,
　　邪门捞钱钱是祸。

这首歌谣说的是这个县最近发生的一件奇特的案子。

离红山县城七十里的南山脚下,有座十几户人家的小山村,叫靠山屯。

屯东有条小河沟,沟那边住着两户人家:后院姓刘,前院姓沙。

　　沙家的户主叫沙大发,他为人刁滑,心眼多,再加上前些年队里穷,一直到三十八岁还是光棍一条。前年实行责任制后,他拼着劲干了一年,腰里攒了几百块钱,才托人在山南讨了个寡妇。结婚不久,那寡妇便怀了孕,眼看着老婆的肚子一天天大起来,沙大发心里像倒了蜜糖罐——甜透了。为了不让老婆坐月子时再受烟熏火燎之苦,他决定盖间灶间。

　　这天下午,他拉上架子车,带上老虎耙,来到离屯三里多路的一座荒庄上。这庄子因解放前遭土匪烧毁,一直没人再来住,如今是断壁残墙,杂草丛生。沙大发为了省劲,没上山拉石头,到这儿刨根脚来了。他刨着刨着,突然“当”的一声,蹦出一件圆东西来,急忙拾起,擦掉浮土一看,嗳!是块“袁大头”。他乐得咧开嘴笑了。

　　早些时,屯里来过个外地人收银元,十块钱一块,价钱真不低,可惜,他把箱子、柜子和墙旮旯都扒过,也没找到一块。如今不想它,它却突然跑出来了,这真是“有福不用忙,没福累断肠”。一想到“福”字,他脑瓜忽地裂开一道缝:有一块,就没第二块?说不定还能刨出一缸哩!他顿时力气猛增,举起老虎耙,朝着蹦出银元的地方拼命刨起来。他刨呀刨呀,一直刨到日头落山,挖了个三尺见方、八尺深浅的大坑,也没见到第二块银元。他有点扫兴,但转念一想:谁埋银元决不会只埋一块,只要把这片宅基地翻一遍,还愁找不到?今天不行,还有明天哩!于是,他又高兴起来,随便拉了几块根脚石,哼着梆子腔回家去了。

　　沙大发心里憋着一股喜气,不说急得慌,吃罢晚饭一上床,便乐滋滋地对老婆说:“喂!今后晌,我在荒庄上刨着财气啦!”他老婆撇撇嘴说:“你还能碰上财气?”“不信?你瞧瞧。”沙大发说着,从怀里摸出了那块银元。他老婆接过去一看,喜得嚷嚷起来:“哟!还是块袁大头哩!”沙大发忙“嘘”了一声,说:“别咋呼,可不能让外人知道了。明天我再多刨些,能换上千把块钱,咱就盖卧砖到顶的瓦房。"

俗话说:"隔墙有耳。"沙大发怕漏气,结果还是漏了气。漏给谁了?后院的刘家。

刘家的户主叫刘喜财。别看他人很瘦,脑袋小,心眼可不比沙大发少,而且还多一招:好逸恶劳,嘴头馋,有时还干点偷鸡摸狗的勾当。因此,前年他儿媳妇一过门,就吵着分家。儿子刘二能是个认钱不认亲的宝贝,嫌他爹是个"漏斗布袋",也怂恿着媳妇闹。刘喜财一气之下,四间瓦房中间拉道界墙:一家变成两家。随后,他跑到附近张庄女婿家,发誓赌咒改掉坏毛病,才把气跑几年的老伴接回家。老伴回来后,他真变了,一头扎到责任地里,一年多没犯老毛病,只是有时忍不住嘴馋,赶集时免不了下馆子吃一顿。

却说这天上午,他赶集时下馆子喝了四两白酒,吃了一盘嚼不烂的老牛肉,回家拉起肚子来。吃罢晚饭,他准备睡觉时,肚子又"咕噜噜"一阵响,就慌忙往外跑。他家的厕所在沙家屋后,他刚进去,正好听到那两口的对话,心头一震:乖乖,这家伙挖着财气啦,还要盖瓦房哩!嘿嘿,他要保密,偏偏让我听见了,这不是财神爷看得起我刘喜财么?心里一激动,肚子也不疼了。他悄悄转身回到屋里,见老伴已睡着,便点上马灯,扛上镢头,出门一溜小跑直奔荒庄。他到那儿一看,果然有个才刨过的大坑,便将马灯放在旁边的一堵断墙上,举起镢头,顺着沙大发的茬口,连夜奋战起来。

不说刘喜财一夜如何辛苦,却说沙大发因心中挂着刨银元的事,几乎一夜没合眼,天麻麻亮时,他起床撩起老虎耙就往荒庄跑。远远地,他瞅见荒庄上有一团光亮,以为是鬼火,身上顿时起了一层鸡皮疙瘩。正要转身走,突然传来了"咚咚咚"刨石头的声音,他心里"咯噔"一跳,急匆匆奔上前喝道:"谁?"

这一声喊，吓得刘喜财的镢头怔了好大一会，回头见是沙大发，便干笑两声说："噢，是大发呀，我还以为遇上了歹人哩!"沙大发见是刘喜财，觉得蹊跷：他又不盖房子，半夜三更来挖根脚干啥？

刘喜财刨了一夜，累得腰酸腿软胳膊疼，连银元的气也没闻着，如今见沙大发来了，唯恐银元被沙大发独自刨去，两只小眼"骨碌碌"一转，便云天雾地地撒起谎来："嘿嘿，大发兄弟，常言道'远亲不如近邻'，我实话告诉你吧，解放前，我姑老表的丈人家在这住时，埋过一百块大洋。后来，他一家都让土匪杀了，埋大洋的事除我没第二个人知道。土改时，我就想把它刨出来，又怕刨出来后会给定高成分，没敢刨。眼下，银元又吃香了，我想刨出来换几个钱。既然你来了，咱就一块干吧，刨出来的银元二一添作五，你看咋样？"

沙大发听了这番话，心头一松一紧：老天爷! 我只说是碰运气，谁知真的有财气。一百块银元要让他得一半，我可就盖不起三间瓦房啦。想到这，他灵机一动，故意问："真的只有一百块？"刘喜财打了个愣怔，回道："听说，只有一百块'袁大头'。"沙大发"哈哈"一笑，说："要是只有一百块'袁大头'，刨出来全归你，我不稀罕那玩意儿。"说罢，就举起老虎耙，扒起根脚来。刘喜财心里犯了疑：听沙大发的口气，像是一百块"袁大头"已到他手里。再看看那个七八尺深的大坑，便确信无疑了，不由得暗暗骂道：娘的，一百块大洋你刨走了，让老子给你刨根脚石？ 想得倒美! 他二话没说，提了马灯，扛起镢头，怒气冲冲地走了。

路上，刘喜财越想越憋气：一百块"袁大头"，下广州少说也能换一千五百块。一千五百块，就这样让姓沙的独吞了？ 娘的，你不让我得一点，我也叫你一点得不到! 他打算告沙大发一状。

刘喜财告状找到了谁？ 治保主任李青山。因为这些年来，他跟李青山打交道最多，虽说十有九回是挨训，但毕竟住在一个屯上,话头客气得多。这回,他要在治保主任面前表现表现,因此,一见李青山便神秘地说:"李主任,我揭发一件很重大的案子。沙大发在荒庄上扒了一百块大洋,那是小地主王老八埋的,应该充公。"

李青山半信半疑:"你看见了?"

"我亲眼看见的。一百块袁大头,在大肚坛里装着,他连坛抱回家了。"

刘喜财说得有鼻子有眼,李青山也信以为真了。他想:虽说银元不能没收,可也该动员沙大发卖给国家,免得惹是生非。于是便说:"你回去吧,我随后处理。"吃罢早饭,李青山去公社开会时,顺路拐到了沙家。谁知,他刚露出点意思,沙大发便蹦了起来:"我哪来一百块大洋?半块也没得。你别信那'三只手'的鬼话。"

一个说亲眼见,一个不认账,李青山一时也无法弄清,只得说:"没有就算了。我劝你两句也没啥害处。有银元卖给国家,免得招风惹草。"说完,上公社开会去了。

后院的刘喜财见李青山进了沙家,本想看场好戏,没料被沙大发一句话就打发走了,气得心口顿时窝了个大疙瘩,一碗饭没吃完便躺到床上生闷气去了。那一百块袁大头在他脑瓜里滚来滚去,搅得他六神不安,越想越不是味。一百块大洋,一千五百元呀!按每天四两酒一盘肉的开销算,够他吃好几年哩,能不心疼么?他嫉妒,他眼红,最后,终于抵挡不住那白花花大洋的引诱,又动了邪念:娘的,反正他沙大发得的是不义之财,他花我花都一样,转转手,这不能算偷。可是,那一百块大洋在哪藏着呢?他脑瓜转了九九八十一个圈,终于转出一个主意:听墙根。说不定沙大发两口子夜里说私房话时,会把藏银元的地方漏出来。

果然,老天不负有心人。这天晚上,刘喜财在厕所里蹲了整整两个时辰,终于探得了底细。只听沙大发对他老婆说:"把银元放到床底下的空坛里,等凑够一百块时,咱再换钱买砖瓦。"

刘喜财心中一阵惊喜:嘿嘿,不够一百块,九十块也将就。他只顾得意,竟忘了自己是蹲在厕所里,起身便走,"扑通",掉进了粪缸。他怕被沙大发两口子听见,学了两声猫叫,才悄悄爬上来。

他回到屋里,老伴一见便骂起来:"你个老东西,又干啥去了?"刘喜财"嘻嘻"一笑:"不小心掉到茅坑里了。这有啥? 粪是庄稼宝,宝就是财,沾了粪,就是沾上了财气。"老伴瞪他一眼:"胡说八道!""你不信?"刘喜财"嘿嘿"一笑,忍不住说:"沙大发那个笨蛋,把一百块大洋藏在床底下的坛里,咱要弄过来,不就是咱的财气?"老伴一听这话,顿时火起,搋着他的头皮骂道:"真是狗改不了吃屎! 你再干那昧良心事,咱非打离婚不可!"刘喜财慌了,急忙说:"看你,捡着棒槌当针使,我只是信口胡说,哪能真干?"他嘴里这样说,心中却另是一番主意:银元到手,悄悄换成钱藏起来,零打碎敲地花,吃到肚里长成肉,谁知道? 就干这最后一次了。

事也凑巧,第二天上午,沙大发老婆的娘家捎来信,说她娘有病,让她回去瞧瞧。可她怀着七八个月的身孕,咋能翻山越岭? 只好让沙大发去了。

这一来,喜坏了刘喜财,真是难得的好机会! 可是,老伴在身边碍手碍脚的,咋办呢? 他眼皮一眨,夯点子出来了:"哎,我说二能他娘,你不是想闺女么? 这几天没啥活,我也想去瞧瞧外孙,咱一块去吧。"他老伴就怕他在家惹是生非,自然满口答应。刘喜财暗暗得意,看看天没晌午,到女婿家赶午饭还来得及,便催着老伴拣了一篮鸡蛋,又交代媳妇照管一下鸡笼,随后和老伴一块瞧闺女去了。

这天夜里是个大阴天,天黑得张嘴不见牙,伸手不见五指,刘喜财独自睡在女婿家的西厢房里,心中暗暗得意:半夜摸回去,弄到大洋埋好再赶回来,这才叫神不知、鬼不觉呢!

于是,到了半夜时分,他揣上事先准备好的小刀,悄悄开了门,朝靠山屯奔去。

刘喜财心中得意,脚下生风,不到一个时辰,便来到沙家门前。他听听没动静,就攀着院墙边的一棵桐树,没费劲就翻了进去。可是,当他用小刀拨门闩时,却遇到了难关:门闩上了销子,拨不动。他想了想,悄悄摸到鸡笼前,拉开鸡笼门,把胳膊伸进去,使劲搅起来,直搅得母鸡扑腾公鸡叫。这一招果然见效,顿时屋里亮起了灯。他急忙躲到屋檐下,等沙大发的老婆开开门,端着灯去查看鸡笼时,他立刻闪身进屋,一躬身钻到床底下,连三赶四地摸起来。他摸遍大大小小十几个坛坛罐罐,沾了两手的酱豆、臭豆腐,也没摸到一块银元。他心里顿时冰凉,刚想出去,沙大发的老婆却进屋插上了门,他只得老老实实地趴在床底下。

刘喜财趴在那儿,等到沙大发的老婆响起鼾声时,他刚要往外爬,突然听到了轻轻的脚步声,便急忙往回缩,却不小心蹬翻了几个坛子,只听得"叮叮当当"一阵响,把沙大发的老婆惊醒了。

沙大发的老婆忙起身擦火柴,谁知刚擦着,便"噗"地被吹灭了。就在这一刹那,她看见床前立着一个花脸怪物,顿时吓得"啊"地惊叫一声,摔倒在地上。

躲在床底下的刘喜财,也瞅见了怪物,吓得浑身骨头顿时散了架,趴在那儿直筛糠,大气不敢出一声。他正不知该如何才好时,怪物也往床底下钻进来,他再也顾不得许多,连三赶四地往外爬,又恰巧撞在怪物身上,"扑通、扑通"两声,他和怪物同时摔倒了。

常言道:"狗急跳墙,兔急咬人。"刘喜财摔倒后,嘴正好触着怪物的耳朵,他一张嘴使劲咬住,只听那怪物倒吸一口气,刘喜财就觉得肚子猛地一痛,不知什么家伙戳进了他肚里。他不敢喊,只好使劲咬牙,这一咬,就"咯嘣"咬下了怪物半只耳朵。于是,他的头上又挨了一家伙,便人事不省了。

却说治保主任李青山昨天在公社开会时,公安人员一再强调,近来为银元的问题,出了不少案子,要提高警惕,严防走私犯把银元捣腾到国外去。因此,他一大早就赶回来,打算跟沙大发好好谈谈。谁料来到沙家门前,他连喊几声没人应;隔门缝一瞧,堂屋门大开,却没人影。他感到不妙,翻墙进院,到屋内一看,不由大吃一惊:沙大发的老婆和刘喜财都倒在血泊中。他急忙上去查看,见沙大发的老婆还有一口气,刘喜财已经死了,于是转身出门,一边派人去公社报案,一边让队长领人把沙大发的老婆送医院抢救。随后,他带了两个民兵,又奔回沙家,仔细查看起现场来。

李青山当了十几年治保主任,经手过不少案子,哪一件也没今天这事奇怪。他左看右查,前思后想,怎么也理不出个头绪来。在检查伤口时,他猛然发现刘喜财的嘴里好像噙有东西,便找来一根筷子,撬开刘喜财紧咬着的牙关,发现了半只耳朵。他正摸不着头脑,后院传来了刘二能两口的吵闹声:"不让我说,我非说!你八成是偷女人了。""胡说!"

"没偷女人,你那耳朵是被狗咬的?"接着,便是一阵厮打声。

李青山心中顿时亮了,急忙领着两个民兵往后院奔去。他一见刘二能,果然左耳缺了一半,二话没说,就命令两个民兵把刘二能监管起来。刘二能还要争辩,见李青山两眼死盯着自己的左耳,顿时骨头发酥,软瘫在地上。

原来,前天晚上刘喜财和老伴的对话,被隔墙的儿子刘二能听见后,他也起了偷银元之心,昨天,见沙大发和他爹妈都不在家,便瞅准了这个机会。半夜里,他趁老婆熟睡之机,悄悄爬起来,用红颜色和锅烟灰抹了脸,拎了把杀猪刀,翻墙进了沙家院子。他进院时,正赶上沙大发的老婆在查看鸡笼,所以,比他爹进屋晚了一点。他当然不知道他爹已经先他进了屋,后来当耳朵被咬住时,他一时性起,就用准备拨门闩的杀猪刀连捅了两下,谁料,却把他爹给捅死了。

李青山问明了这些情况,又仔细揣摸一下,便对整个案情明了啦。他心中万分感慨:为了一百块银元,儿子叫父亲送命。唉,这个沙大发也不像话,你刨到银元,献给国家,国家也不会亏待你,干吗要藏在家里呢?

想曹操,曹操就到。李青山刚回到前院,便碰上了急匆匆赶回来的沙大发,他劈头就问:"你那一百块银元在哪儿?"

沙大发正是为那一百块银元的事,才起五更跑回来的。他见李青山追问,愣了一下,说:"我哪来一百块银元?"

李青山火了,严厉地说:"为你这一百块银元,出人命了!"

沙大发一听这话,慌了神,急急分辩道:"真的,我真没有一百块银元,只刨出来一块。"说着,从怀里摸出了那块袁大头。

李青山略一想,便明白过来,感到好气又好笑,说:"你呀……快带上钱去公社医院吧,你老婆是死是活,还不好说哩!"

沙大发如同当头挨了一棒,顿时呆若木鸡,好大一会才愣过来,"哇"的一声哭了,随即发疯似的往公社医院跑去。

故事到这儿结束了。可听故事的人都想听个头尾,咱就把结果告诉大家吧:刘二能被判了死刑;他老婆卷起家当回娘家去了;沙大发欠了整整五六百块的外债,才救活他老婆的命,可老婆肚里怀着的孩子却丢了。

这件事很快传遍了红山县。不知是哪个土秀才,除了编了那四句歌谣外,还编了一副对联:

> 刘二能错杀他爹——钱迷心窍;
> 沙大发赔钱丢娃——自讨苦吃。

（王国全）

暴富记

　　龚堡镇街尾,住着一户姓龚的人家,夫妻俩都是近六十的人了,一辈子省吃俭用,可积攒下的血汗钱都扔进了儿子的婚事里。如今,儿子丢下老父老母,搬到镇上的新工房里自己过日子去了,老头老太真是越想越伤心。好在两人都是做惯了的,做做吃吃,日子也就这么一天天过下来了。

　　这天,老头龚炳坤买了一车煤饼,沿着公路往家走,一路上气喘吁吁,满头是汗。他刚想停下歇歇,猛地看到脚边有一包东西,一拎,分量不轻,包得严严实实。他随手朝车上一丢,"哼哧哼哧"把一车煤饼拖回家中,又吩咐老婆马翠花把这包东西送到派出所去。马翠花白了他一眼:"你呀,也不先看看啥东西,一包烂狗屎也往派出所送?"说着,便把东西拎进屋去了。

龚炳坤要紧在门口卸煤饼，一眨眼的工夫，只见马翠花风风火火从里屋颠出来，一把拉住他就朝屋里拖。龚炳坤被马翠花一拉，手里的两只煤饼落到地上，跌得粉碎，又一脚踢在堆好的煤饼上，"哗啦啦"煤饼滚了一地。龚炳坤火了："拉你个魂灵出窍！"

哪知马翠花不但不生气，反而眼睛笑得眯成一条缝："老头子，你快去看看，真正是碰到魂灵出窍的事啦！"龚炳坤奇怪了，跟着马翠花走进里屋，一看，啊呀，这包东西里原来装的全是一叠伍元、拾元、伍拾元、壹佰元的钞票。龚炳坤有生以来从没见过这么多钱，吓得手脚发抖，六神无主："这可怎么办？这可怎么办？"

马翠花心里已有了主意，看老头子吓得这副模样，鼻孔里"哼"了一声："你呀，姓龚没有金，只配穷断筋，天底下谁怕钱多？还不快数数！"于是，两个人便动手数起钱来。一张张钞票捏在手里，像风中树叶在"哗哗"颤抖，两个人真是越数心里越慌，越数越觉得好像门口、窗外都有人在看他们。

就这么七数八数，越数越糊涂。马翠花急了，脑子一转，从床底下拖出一只旧板箱，对龚炳坤说："别数了，快放到箱子里去。"龚炳坤呆住了："这行吗？""怎么不行？""掉这么多钱的人，要急得送命的。""不偷不抢，我们拾的，人家送命，关我们屁事？"马翠花说着，不容分说，"噼里啪啦"把钱装进木板箱，又用两根麻绳把箱子捆牢，塞进床底下。这一来，龚炳坤心里没了主意，看看马翠花脸色，只好由她去。

吃了晚饭，夫妻俩上床睡觉。马翠花心想：人家单位财务科保险箱里，也不过千儿万把元钱，可门上装铁锁，楼里装警铃。而自家这屋子又破又旧，两脚一踢门就开了，放这么多钱，实在不安全。她推推龚炳坤，说："老头子，夜里惊醒点，这么多钱，别让人偷了。"

龚炳坤一听,觉得老婆说得有道理,要是这么多钱,有人来偷,就是抓住了贼,贼也要拼出老命来杀掉我们。这可怎么办好? 他拍拍脑袋,猛地爬起来跳下床,从床底下拖出那只木板箱,一边解绳子,一边对马翠花说:"你快起来。"

马翠花急了:"你要做啥?"龚炳坤掀掉被头,翻开垫被,把木板箱里的钞票一叠叠铺在垫被下。马翠花看在眼里,乐在心里,心想:到底还是老头子聪明,神仙做贼,也不会知道破垫被下会有钞票。她帮着老头子七手八脚铺好钱,盖上垫被,两人又重新爬上床。

马翠花心里乐滋滋,不一会儿就睡熟了。可龚炳坤老觉得身底下高高低低,心里不踏实,想想没有钱的时候想有钱,现在有了钱却比没有钱更不安。就这么迷迷糊糊地挨了一夜。

第二天醒来天也亮了,龚炳坤忙推推老婆:"翠花,今天我早上班,快起来烧早饭,否则要迟到了。"谁知马翠花却伸了伸懒腰,打个呵欠说:"你上班不是为钱吗? 有这么多钱,急什么呀?"龚炳坤想不到老婆见了钱会一百八十度大转弯,想当初天没亮就要催他起床,怕他上班迟到,奖金敲掉。唉,龚炳坤只好叹一声气,自己动手烧早饭。

手忙脚乱了好一阵,龚炳坤总算捧着饭碗坐到了桌子旁。时间已经不早,龚炳坤"呼啦呼啦"大口大口把饭朝嘴巴里划,只听得屁股下的竹椅子发出"吱嘎吱嘎"的响声。马翠花拍拍床板,埋怨起来:"断命声音,难听死了。"

奇怪,这破椅子又不是今天坐下去才发声音。那些血汗钱都给了儿子,这些破旧东西当然舍不得扔掉,怎么老婆一下子嫌弃起来? 龚炳坤发火了:"你呀,钞票多得发疯啦?"马翠花一听就跳起来:"拾了这么多钱,只知道坐在破竹椅上'吱吱嘎嘎',你才疯了。"龚炳坤不想跟她啰唆,吃完饭,"砰"地一声关上门就上班去了。

　　整整一天，龚炳坤脑子里老想着这一叠叠钞票，总觉得浑身不自在。好不容易挨到下班回了家，啊哟喂，家里新桌新椅闪闪发光，老婆马翠花从里屋出来，一身全毛灰呢新西装。

　　没等龚炳坤张嘴，马翠花抢先开口道："老头子，人家都说我年轻了十岁，你看呢？"龚炳坤急得开口就骂："你这个人真正要死呀，这是人家的钱，你怎么乱用？"

　　马翠花想着和老头子结婚一辈子，从来没有好好吃过、穿过、用过，如今拾来的钱只用掉九牛一毛，就说我乱用？呸！她朝地上吐了口唾沫："是不是我穿了这身衣服你气不过？告诉你，我也给你买了一套！"说着，拿出一套全毛黑呢西装，硬往龚炳坤身上套。

　　西装一上身，马翠花大惊小怪地叫起来："啊呀，老头子，你简直像是做大生意的老板！"说着，又拿出一根大红领带。龚炳坤拼命推脱，马翠花拚命要往他脖子上套，就像往猪脖子上系绳子，两个结一打，紧得龚炳坤喘不过气来。龚炳坤费了不少劲，好容易解开领带，脸上已经涨得通红。马翠花说："你解掉做啥？你看，这大红领带一戴，脸上就来了气色。平时儿子、媳妇不把我们放在眼里，等会他们要来，让他们看看我们的派头！"

　　龚炳坤听到儿子、媳妇要来，气得差点送命：这种不孝儿子，路上碰到居然装作没看见，现在老太婆一有钱就想到他们，真正蜡烛。"你叫他们来做啥？"

　　"做啥？"马翠花想着古往今来，人敬有钱的，狗咬衣破的，现在有了钱，还怕子女不来亲热？她手指触到龚炳坤的额角上，说，"养儿防老，你连这点道理都不懂？"

　　正说着，门外传来一阵脚步声，龚炳坤往外一望，儿子龚宝来了，嘴里还在叽里咕噜："啥急事，非要我来不可？"待得踏进门来，他惊得目瞪口呆："爸、妈，你们发啥大财了？"

　　马翠花喜得把龚宝叫到跟前，说："儿啊，你老婆怎么不来？"

龚宝一看家里大变样,脑袋瓜滴溜溜一转,甜甜地叫着:"妈,她也想来,可挺着个大肚子,我叫她别来了。"马翠花喜得忙从身上摸出一张钞票,塞到儿子手里,说:"拿去,算是我们给她肚里那宝贝的。"

龚宝见是一张一百元的钞票,紧紧捏在手里,好一会儿才回过神来,亲热地问:"妈,你哪来这么多钱?"马翠花见自己一有了钱,儿子就这么知心贴肉,得意地说:"这个你别问,我和爸有,等于你有。过去你要金戒指、金项链,我和你爸心里想给手里拿不出,以后爸妈一定补给你们。"龚宝听得喜从天降,抓头摸耳,不知说什么才好。马翠花吩咐他:"快帮妈杀鸡,今晚好好和你爸喝两盅。"

一顿晚饭,吃得龚宝甜滋滋、热乎乎、醉醺醺。回到自己家里,前脚刚进门,老婆就骂了:"啥断命事情,到这时候才死回来?"龚宝眉开眼笑地摸出那张一百元的钞票,在老婆面前扬了扬,说:"你乱骂啥呀?妈一下子给了我们没出世的孩子一百元钱哩。"

老婆一听,眼中顿时放光:"啊呀呀,你妈真是日头西天出了。"龚宝得意地说:"我妈说,他们有等于我们有,还要给我们补买金戒指、金项链呢!""真的?"老婆兴奋得跳了起来,"一定是你爸做了笔生意,赚了大钱,我们得拍拍他们马屁。""对呀,"龚宝一拍大腿说,"我妈床上的被子破得开花了,我家十八条被子用不完,送两条去。"老婆更来劲:"马屁拍足点,再买两盒蛋糕,明天就去。"

夫妻俩说干就干,立即行动。第二天,龚宝扛上被子,老婆拎了蛋糕,一路小跑踏进老人家门。两口子见了龚炳坤,"爸"长"爸"短,一句句吐出来的都是甜言蜜语,听得龚炳坤起了一身鸡皮疙瘩。他心里叹道:这真正是有钱能使鬼推磨哇!

龚宝夫妻俩不见马翠花,便问:"爸,妈呢?"龚炳坤说:"她答应给你们金戒指、金项链,今天一早到城里去买了。"龚炳坤急着要上班,可龚宝夫妻俩哪里肯走,还甜甜地叮嘱他:"爸,你今天早点回来,全家好团聚团聚。"

龚炳坤一走,龚宝夫妻俩一个扫地揩窗,一个搓洗衣裳,专等马翠花回家,想讨她欢心。一直等到上午十点钟,总算把马翠花等回来了,儿媳妇给她端茶递毛巾,儿子给她敲背扇凉。马翠花乐得晕乎乎,到底有钱好呀!

马翠花把手伸进贴身衣袋里,刚要把金戒指、金项链摸出来,猛地发现床上换了新被子,她发疯似的冲过去,掀掉被子,拉掉垫被,啊呀呀,一张钞票也没有了。马翠花只觉得天旋地转,眼前一黑,口吐白沫,倒了下去。

这一来儿子倒真正急了,惊叫着:"妈,妈,你怎么啦? 怎么啦?"马翠花猛地醒了,见儿媳妇的手正伸在她放金戒指、金项链的贴身衣袋里,真气得要喷血。不要脸的,我还没给,你就抢了,这钱一定是被你们偷了。她气得咬牙切齿,狠命抓住儿媳妇的胳膊一推,心痛得大哭起来:"你们良心被狗吃啦? 你们偷了我数不清的钱呀!"

龚宝被马翠花这突如其来的话弄得晕头转向:不好,妈一定是疯了,她哪会有数不清的钱呀? 龚宝立刻奔出去给龚炳坤打电话。

龚炳坤接到电话,急急忙忙赶回家。马翠花一见丈夫回来,拼命叫起来:"老头子,快去报案,前世冤家把我们的钱偷光了。"龚炳坤想:这个女人,真正是疯了,拾来的钱,能去报案? 他一步跳过去,捂住老太婆的嘴巴,小声说:"你乱叫啥? 我把钱藏在床底下的铁皮工具箱里了。"原来龚炳坤看到马翠花见钱眼开,钱"哗哗"地花,怕有三长两短,趁她一早去城里买金戒指、金项链,就把钱放进了床底下的铁皮工具箱里,谁知一下子会闹出这种事来。

　　龚炳坤恨不得把老婆打死,这个女人,有了钱就作死作活,买这买那,要是当初自己坚持把这包东西交到派出所去,哪还会有今天这些乱七八糟的事情? 想想拾来的钱迟早要叫人知道,只有快去主动坦白交代,争取从宽处理,否则要吃大苦头了! 龚炳坤想到这里,不管老婆同意不同意,拉了她就走。

　　到了派出所,龚炳坤一五一十把事情一说,派出所所长亲自跟着龚炳坤夫妇来到家里,见儿子、媳妇正在“乒乒乓乓”拼命砸铁皮工具箱。小夫妻俩见派出所来人,呆住了。

　　所长示意龚炳坤把工具箱打开,啊呀,果然是满满一箱钞票! 所长感慨地直摇头:“你们呀,这钱出人命了!”

　　“啊?”全家四个人八只眼睛一下子都凸出来了。

　　正在这时候,儿媳妇的弟弟哭哭啼啼报丧来了:“姐姐、姐夫,前天爸在公路上丢了全厂工人的工资,急得服毒自杀。”龚炳坤惊得跳起来:坏了,这断命钱害死亲家了! 顿时一家人不知道东南西北,呼天喊地地哭成一片……

　　　　　　　　　　　　　　　　　　　　　(张长公)

恼人的私房钱

　　著名漫画家郑劳石去年年初去广州参加一个美术工作者会议，期间，他应邀为广州一家饮料公司设计一套十八幅大型活动广告组画，得到了两万五千元的设计费。

　　郑劳石得到这笔款之后，脑子里整整翻腾了一夜。他想：这是一笔计划外钞票，老婆是不知道的，如果把钱放在箱子里，一回家就会被老婆没收。郑劳石老婆样样都好，就是最近迷上了"砌墙头"，一上麻将桌，就成百成百地把钱往人家袋里送。为这事，郑劳石曾经劝说过她好几次，可老婆呢，一不争，二不吵，只是脸一板，嘴一撅，人往床上一躺，饭不做了，菜不买了，衣服也不洗了，弄得郑劳石想画画也画不成了。郑劳石为免受气，只好睁一眼、闭一眼。所以现在自己手里这笔钱，不能再让老婆把它拿到"方城"里流掉，得想办法把它存起来。

郑劳石打定主意后，从广州回到上海，就走进离家不远的银行大门。可当填写开户书时，他心中又嘀咕起来了：这两万五千元存单的户名写谁呢？写自己，肯定会被老婆没收。想来想去，想起了隔壁邻居汪义蛟。

说到这位汪义蛟，可算得上是郑劳石的割头好朋友，他俩既是大学里的同窗，又是郑劳石和他老婆的月老红娘，眼下又是门靠门的隔壁邻居，平时两家人你来我往，情同弟兄。现在，他为了不让老婆知道这笔私房钱，就毫不犹豫地在开户书上写了汪义蛟的名字。等到他把写有汪义蛟的存单拿到手后，就兴冲冲地回家了。

郑劳石不想让老婆知道存款的事，可是他老婆在给他洗衣服时，偏偏发现了这张存单。她阴不阴、阳不阳地说："你去广州开了一次会，人变得聪明了，竟用别人的名字存钞票来骗老婆啦？"

郑劳石听了暗暗一惊，他赶紧抵赖说："这存单不是我的。我回家时，在银行门口碰到老汪，他怕老婆，硬要把存单塞给我，托我代保管……"

"我不信！"

"不信？去找老汪来，你可以当面问他。"说着，便抬脚来到隔壁汪义蛟家。

汪义蛟见老朋友来，立即笑脸相迎，当听了郑劳石的来意后，他用拳头在郑劳石的胸前捶了一下，点着他的鼻尖笑道："好家伙，你啥时候学成鬼心眼了，不怕我告密？"他边说边点燃支烟吸了一口，说，"当然啰，既然老朋友开口，我这忙非帮不可。"说完，他到郑家去一说，果然帮郑劳石过了关。

汪义蛟回到家里，关好门，往沙发上一躺，突然一声长笑，摇头晃脑说："山穷水尽疑无路，柳暗花明又一村。哈哈，郑劳石呀郑劳石,莫怪我老汪对不起朋友,我也是出于无奈啊!"

汪义蛟为啥说这没头没脑的话?原来,这些日子他为儿子出国筹集一笔巨款,父子俩东奔西走,弄得焦头烂额,还缺两万多元。他正为此急得团团转时,郑劳石竟送钱上门来了。他想:存单既然写的是我的名字,这不等于这两万五千元就属于我汪义蛟了?我把写着我的名字的存单上的钱取走,郑劳石就是说破嘴也无法追回这笔钞票了。当然,汪义蛟也曾想到这么做太缺德,太对不起老朋友,可是一想到儿子要出国,想到两万五千元这笔不小的数目,他终于昧着良心干了。

过了几天,汪义蛟带了证件,来到银行,声称存单遗失,要求银行止付挂失。接着,又以家有急用为由,把钱全部取出,交给儿子办理好出国签证手续。半年后,他儿子就飞往澳大利亚了。

郑劳石做梦也没想到,老朋友会这么卑鄙地挖他的墙脚。这半年多来,当他打开抽屉,见到存单,心里就乐滋滋的,他觉得平时总是老婆调遣自己,可这次却骗过了她。因此,当他看到存单,心头便涌上一种胜利者的快慰,他还暗暗感激汪义蛟够朋友呢。

很快一年过去了,存单到期了,正巧郑劳石的儿子要公派出国,需要一大笔钱,找到老娘,打开存折一看,总共还不满一万元。儿子见钱不够,十分着急,而他的老娘知道钱被自己输了,心里又悔又愧,没办法,只得找郑劳石商量。

郑劳石见老婆找自己商量,还表示往后再也不去"砌墙头"了,不由心花怒放。他从抽屉里取出那张存单,一本正经地对老婆说:"好吧,为了儿子的前程,我只好老老脸皮,找老汪商量,将他的钱借来先用一用。"

郑劳石说完就出了家门,但他并未去汪义蛟家,而是径直来到银行,填好取款凭条,连同存单一起交给了银行小姐。

不料,银行小姐接过他的存单,就板起了面孔,问:"你这张存单从哪儿来的?"

"咦,你忘啦? 一年前,我送来两万五千元现钱,你开了这张存单给我的呀。"

银行小姐见他老不正经的样子,来气了,提高嗓门说:"告诉你,这存单户主一年前就来挂失,钱也被取走了。你今天拿这存单来干什么,走,到派出所去讲讲清楚……"

一听这话,郑劳石像被雷击中一般,惊得瞪大眼睛说:"不,不可能,不可能! 小姐,汪义蛟是我的好朋友,他会取走我的钱?我不相信,我去找他……"说着,转身就走。

银行小姐见他滑脚想溜,便拉响警报器,守卫银行的武装警察立即围过来,毫不客气地把他拉到派出所。

郑劳石万万没想到好朋友会釜底抽薪取走了自己的钱,现在又让自己当众丢人现眼,他气得到了派出所就跌坐在椅子上,一句话也讲不出来。闷坐了好一阵子,他才慢慢冷静下来,心想:我这样生闷气不行,应当主动把事实真相告诉民警,求他为我作主。于是,他把事情经过详详细细地对经办民警小王讲了一遍。

小王听了,将信将疑,心想:要弄清真假,就要把汪义蛟找来,让他俩当面对质。一对质,事情不就真相大白了吗? 于是,他就派人去叫汪义蛟。

再说汪义蛟自从冒领了两万五千元后,一年多来,几乎天天在琢摸一旦东窗事发自己如何应付的办法。今天,当民警小王派人来找他时,他心里像吃了萤火虫一样透亮透亮。他来到派出所,接过小王递给他的存单,装模作样地看了看,说:"咦,王同志,这是我一年前遗失的存单,怎么到你手里啦? 是不是小偷被你们抓住了?"

他这番话,被坐在隔壁房间里的郑劳石听得清清楚楚,郑劳石气得肺都快炸了,他再也按捺不住心头的怒火,猛地冲过来直扑汪义蛟："你、你太没良心了,拿了我的钱,还诬赖我做贼,我和你拼了……"

汪义蛟见郑劳石突然扑来,急忙闪身躲到小王背后,故作惊讶地说："老郑,这存单原来是你拿走的? 哎呀呀,你拿了为啥不和我打个招呼呀? 我要知道是你拿的,无论如何是不会报案的……"

民警小王见郑劳石冲过来要打架,连忙喝住他。他见郑劳石脸色铁青,手在颤抖,相反汪义蛟则态度温和,神情平静,回答问题有板有眼。他感到其中必有文章,便不动声色地观察一阵,然后严肃地说："你们先回去,我们决不会冤枉一个好人,也决不会放过一个坏人。我们会作进一步的调查,把事情搞清楚的。"

郑劳石回到家里,气得坐在写字台前一声不吭。他老婆见他闷闷不乐,脸色通红,猜想莫不是老汪不肯借钱,气得血压升高了? 禁不住暗暗责怪自己不该打麻将,因此,愧疚地来到他身边,从口袋里取出一条金项链、两只金戒指和一副金手镯,递到他面前,说："劳石,别愁了,你先把这几样东西卖了,不够数,我再找我爸,请他老人家帮我们调调头寸……"

郑劳石见老婆主动献出金首饰来安慰自己,心里既感动又内疚,后悔当初不该瞒了老婆去存钞票,被汪义蛟这没良心的贼坏钻了空子。他想告诉老婆,请她原谅,谁知一激动,一转身手臂一甩,把写字台上的一支钢笔捽到地上。他看到钢笔,突然眼前一亮,顿时笑哈哈地对老婆说："办法有啦,有办法啦!"说着,他拾起钢笔就朝门外奔去。

那么,郑劳石为什么一见那支钢笔会如此开心呢? 原来一年前他在银行填写开户书时,用的就是这支钢笔。他想,只要查查开户书上的笔迹,就能证明这两万五千元存单的归属。因此,他拿了钢笔,急冲冲奔进派出所,找到小王,要求查对银行开户书的笔迹。

第二天,小王来到银行,调出郑劳石那张开户书,经科学鉴定,证明开户书系郑劳石所写。小王觉得汪义蛟这个人太狡猾、太卑鄙了,他立即拿了开户书来到汪义蛟家里,开门见山把开户书往桌上一摊,问:"汪义蛟,你说这两万五千元的存单是你的,你开户时写过开户书吗?"

汪义蛟态度泰然地说:"写过,就是这一张,是郑劳石代我写的。"

"嗯?你存钱,怎么叫郑劳石帮你代写呢?"

"我给广州一家饮料公司画好广告回来,正巧郑劳石也开好会回上海。我们同坐一架飞机,在回家路上,经过银行门口,我要进去存款,老郑提出陪我一起去,又主动帮我代写开户书。我没想到他当初就没安好心。唉,这真是画虎画皮难画骨,知人知面不知心呀!"

小王本以为有了这张开户书可以真相大白,现在听了汪义蛟这番话,觉得合情合理,他不由又怀疑起郑劳石来。

汪义蛟见小王低头不语,猜想自己的话起作用了,对,应该趁热打铁扩大战果,再甩出一个杀手锏。于是又说:"王同志,我看,要弄清这件疑案也不难,只要弄清广告是谁画的就行了。我建议我和郑劳石各自把广告重新画一遍,就会真相大白了。你说是不是?"

小王一听,心里叫一声"对啊",但他没出声,转身来到了郑家。

此时郑劳石正坐在沙发上,暗自庆幸自己想起了那张能辨别真伪的开户书,觉得这一下子追回两万五千元有希望了。他心里一高兴,便悠然地听起轻音乐来。

正听得入迷,小王"砰"推门进来,把那张开户书和存单往桌上一摔,冷着脸问:"你存款时汪义蛟有没有和你一起去银行?"

"没有,没有,就我一个人!"

"好了,好了,别再啰唆了。现在你和汪义蛟各自将那些广告画重画一遍,看看这钱到底是谁赚回来的。"

郑劳石见又生枝节,心里窝火,但觉得让自己重画一遍,也不是什么难办的事。谁知当他真提起画笔时,却不知如何下手。原来,当初他是即兴创作,如今时过境迁,好多细节已想不起来了。一时间急得满头冒汗,越急越糟,真有点画不下去了。

而汪义蛟在这一年内,为防东窗事发,他把郑劳石画的十八幅广告画全部拍成照片,一次又一次精心临摹,简直达到了乱真的地步。现在他不费吹灰之力,只花了一个小时,十八幅画稿已交到小王的手中。

小王看了一看,便把画丢给郑劳石,郑劳石一看,大惊失色。他万万没有想到汪义蛟不仅骗了自己的钱,连自己的画技也偷学去了,现在自己画不出,汪义蛟倒画好了。这真是:真的变假,假的成真了。

汪义蛟见他这副样子,开心啊,禁不住插上来说:"老郑,别白费力气了,人嘛,总是有错的,看在多年老朋友份上,我不会记恨你的⋯⋯"

听他说这番风凉话,郑劳石气得破口大骂:"你这狼心狗肺的东西,你给我滚⋯⋯"他气上加急,人一下倒在沙发上,说不出话来。

就在这时,他老婆回来了。她见丈夫满面通红,直愣愣地倒在沙发上,又见民警冷着脸站在那儿,便惊讶地问了一句:"老郑,出了什么事啦?"她见丈夫不吭声,回头见汪义蛟在屋里,便问道:"老汪,发生什么事啦?"

汪义蛟还没作出回答,郑劳石老婆看到放在桌上的存单,抓起一看,认识的,她忙说:"老汪,这存单不是你的吗,怎么啦? 这存单发生问题啦?"

汪义蛟轻描淡写地说:"喏,老郑拿了我的存单去银行提款,被扭到了派出所……"

郑劳石老婆一听,"啊"一声叫,便数落起丈夫来:"老郑,你老糊涂啦?这存单是你亲口对我说是老汪的呀。哎呀,我们再急等钱用,你也得和老汪打个招呼,怎么好自说自话去冒领老汪的钱呀?"

本来就气得晕头转向的郑劳石,被妻子一顿抢白不说,她又一口一个"老汪的钱"说个没完,这么一来,自己浑身长嘴巴也辩不清了,一时间,气、恨、急、怒冲得他血压上升,手脚冰凉,突然晕倒在沙发上。

他一晕倒,他老婆和小王慌了手脚,只有汪义蛟暗暗高兴,因为广州那家饮料公司的经理一个月前死了,如果郑劳石再倒下来,这两万五千元再不会有人来纠缠了。但心里这么想,他表面上还是装得惊慌紧张的样子,背起郑劳石就往医院送。

郑劳石本无大病,只是一时气愤,喉咙被气团噎住,经医生疏散气团后,便醒过来了。

他老婆见他醒来,忙来到病床前俯身问道:"劳石,你没事吧?这存单到底是怎么回事呀?"

事到如今,郑劳石又气又愧,长叹一声,便把存款的事详详细细说了。

他老婆一听,立刻火冒三丈:"好个无情无义的汪义蛟!劳石,你放心养病,我去找他算账……"说着,她站起身来。

郑劳石一把拉住妻子,懊丧地说:"汪义蛟狡猾得很,你斗不过他!"

他老婆鼻子一哼,说:"你别愁,我有办法治他!"

郑劳石老婆来到病房门口,见民警小王和汪义蛟像一对石狮子站在那儿,她问汪义蛟:"你说画是你画的,我问你,你在哪儿画的?"

"广州。"

"广州？你几时从广州回来的？"

汪义蛟顿一顿，说："三月六日，我与你家劳石同坐一架飞机回来的，下飞机后，我就和他一起去了银行……"

郑劳石老婆一声冷笑："你真成了孙猴子了，一会给我们打麻将的烧点心，一会又飞上天了。不过汪义蛟，我今天不想与你纠缠你到底去没去广州，我只想问问你，你三月六日与劳石同乘一架飞机回来，那你的飞机票呢？"

"我丢了。"

"丢了不要紧，"她转身对小王说，"小王同志，我在民航工作，买飞机票都要凭证件登记的。我请你去广州查一下，三月六日登机人员中有没有汪义蛟。"

"好啊！"小王对汪义蛟说，"你看我要不要去一次广州？我倒还真想去广州观赏观赏南国风光呢！"

此时，狡诈的汪义蛟额头上出汗了，汗珠像黄豆一样一颗一颗冒出来，掉下来，人也像隔夜油条弯下来，脑袋耷拉着，嘴里喃喃道："我想办法把两万五千元全部还给郑劳石。"

汪义蛟由于犯了诈骗罪被小王带走了。

郑劳石从病床上下来，跌跌撞撞走到老婆跟前，抱住老婆，激动地哭了。

他老婆一边替他擦眼泪，一边说："你们这些男人呀，就是鬼心眼多，连自己老婆也信不过。下次还干不干这傻事啦？"

"唉！教训，教训呀！"

（黄宣林）

生 财 之 道

钱同样也应该受到尊重，因为谁也不会白给你的。要拿到钱，你就得工作，用自己的力气、健康和智慧去换。

「书呆子」养鱼

　　李家庄有口大水塘,塘深水满,天再旱水也不干,是口很好的养鱼塘。可是真怪,大队搞承包,田包了,地包了,山也包了,就是这口大水塘没有人敢包。为啥?因为以前队里集体也养过鱼,鱼苗放了许许多多,到头来鱼却捉不到,这鱼不晓得哪里去了。有人人说:"这口塘下面一定有个无底洞,养的鱼从洞里逃走了。"所以,尽管大队降低了承包条件,但还是没有人敢包。

　　这时候,村里有个出名的"书呆子"吃了豹子胆,竟提出要承包这口大水塘。有人劝他:"你不要聪明一世,糊涂一时,这不是书上写写那么容易,到时候,只怕你钞票丢到水里,贴了老本还要罚款。"可是书呆子听了只当耳边风,坚持和大队签订了承包合同。

第二天一早，书呆子就进城去了，说是去请师傅。到了傍晚，师傅果然请来了，大家一看都呆掉了，请来的根本不是养鱼师傅，而是一位出名的钓鱼师傅。此人是个退休工人，很喜欢钓鱼，钓鱼的技术也很高明，以前天天到乡下来钓鱼，所以四乡八村的人都认识他。现在，责任制到人，大小水塘全承包了，塘边都竖起了"严禁钓鱼、违者罚款"的牌子，钓鱼师傅正愁没处去解心头之痒，想不到书呆子去把他请了来。

书呆子把钓鱼师傅请到家里，捧出酒菜热情招待。然后拿出纸笔，和钓鱼师傅签订了一份合同，写明请钓鱼师傅来钓鱼，每日三餐免费供应，钓起来的鱼统统归钓鱼师傅所有。

于是，钓鱼师傅每天一早背着鱼竿，骑着自行车，到书呆子承包的大水塘里来钓鱼，书呆子也果然每天打酒买菜请他白吃三餐饭。傍晚，钓鱼师傅酒足饭饱，鱼篓一拎，"嘀铃铃"回城里去了，真是比神仙还要快活。

这一来，大家都看不懂了，说书呆子是天下头号大笨蛋，花钱供了个活菩萨，迟早要后悔莫及。

转眼，到了年底。这天，书呆子请了渔民来捉鱼，村里男女老少都赶来看热闹。大家万万想不到，从前的无底洞，今日成了聚宝盆；过去鱼捉不到，现在鱼捉不光。除了上交大队的以外，鲜鱼卖掉，书呆子净得一千三百元。大家问书呆子有啥诀窍，书呆子说："主要是靠那位钓鱼师傅。"

原来，书呆子经过仔细观察，发现水塘里有一群黑鱼。他查看了有关书籍，知道这黑鱼生性凶残，专吃鱼苗，是养鱼的一大害，但又很难捉住它，所以才请了钓鱼师傅来帮忙。钓光了黑鱼，保住了鱼苗，塘鱼自然获得了丰收。

（汪黎明）

卖名字

这个故事发生在靠山镇靠山村,说的是"文化大革命"中的一件事。

一个秋天的傍晚,在地里劳作了一天的人们,纷纷扛着犁耙、牵着牲口收工回家。走近村口的时候,他们突然发觉迎面站着一个人,谁?大名崔炳炳,村里有名的俏皮鬼。

说起崔炳炳这个人,年龄不过四十出头,但这四十年的路走得实在叫人心酸:父母早年出去逃荒,死在异乡,崔炳炳靠村里的救济,读完小学就开始自谋生路。他人又聪明又机巧,不愿意在田里做死做活,便学着今天给这家修个门窗,明天给那家围个猪圈,有时候跑远了,在外村呆个三天五天,也是常有的事。一晃四十出头奔五十了,家在哪儿?饿不死算好的了,谁肯做他的媳妇？

　　收工的人们与崔炳炳擦身而过，只听崔炳炳一声叫唤："哎——爷儿们！你们谁愿意卖名字？十元钱一个，我付现款！"他这一嗓子好似一个炸雷，有个小伙子忍不住"妈呀"一声叫了起来。

　　等到人们回过神来，崔炳炳咧嘴一笑："真格的哪，十元钱一个。谁卖？马上给钱。"他一边说着，一边掏出一张十元面值的钞票，在众人眼前晃了晃。

　　一个叫姜明堂的老头蹙着眉头瞧了他一眼，说道："你这是唱的哪出折子戏呀？年轻轻的，还是多干点正经活！"

　　"大伯，这您就不用管了。"崔炳炳微微一笑，"咱们是周瑜打黄盖，一个愿打，一个愿挨。只要您把名字卖给我，我马上就付钱。"

　　姜明堂气咻咻道："我就是砸锅卖铁，也不会把名字卖给你。"

　　崔炳炳并不理会，把手里的十元钞票捏得"哗哗"响，又对其他人嚷道："谁卖？谁卖？给现钱哪！过了这个村可就没这个店了……嘿嘿，卖了名字可以再起一个嘛。"

　　人们弄不懂崔炳炳葫芦里卖的是什么药，所以谁也没敢应声。

　　崔炳炳两只眼睛不住地在人群中扫射。他走到一个叫"姜永钱"的中年汉子跟前，把十元钱凑到他的眼皮底下："大叔，你把名字卖了吧！你卖，我马上就给你钱……"

　　他这一个"钱"字还没说完，手中的钞票就被姜永钱夺了过去。姜永钱是个明白人：这年头，十元钱对一个过惯了苦日子的种田人来说，该有多么大的诱惑呀！崔炳炳说的不也有道理么，再好听的名字也逃不脱种田的命，再起一个就是了。姜永钱把十元钱攥在手里，结结巴巴地说道："我……我……卖了，我的名字就……卖给……你了,这钱就……归……我了。"他说着,转身就要走。

"这可不行。"崔炳炳一下子慌了神,忙伸开两臂挡住他,"这可不行,你还得签约呢,你可不能说一句空头话就完事。以后你再反悔咋办,我找谁去?"

崔炳炳从口袋里掏出一张纸,对姜永钱说:"这是约定书,你得在上面画押。你不识字,我先把这约定书给你读一下。听着:'我与崔炳炳达成协议,我自愿把名字卖给他,他付给我十元钱。从此以后,我不再叫姜永钱。此约定自签名之日生效,永不反悔。约定人:姜永钱。某年某月某日。'"

崔炳炳读完,把约定书交给姜永钱。

人们本来以为这是崔炳炳闹着玩玩的事,谁知道一下当了真,便纷纷围拢过来。姜永钱不会写字,正好有个小伙子干活时手背上磕破了血,姜永钱便用中指在上面蘸了蘸,在约定书上按下了手印。

一夜之间,张三传李四,东家传西家,全村几乎所有的人都知道姜永钱把名字卖给了崔炳炳。人们议论纷纷,就是猜不透崔炳炳在玩什么鬼花样。

事情当然没有完。

隔了没几天,一天清晨,天刚蒙蒙亮,靠山村的人都还在睡梦中,一个声音便吆喝开了:"姜——永——钱——噢——,你——回——来——"声音从村南头传到村北头,又从村东头传到村西头,在清凉凉的早晨,显得又凄惨又悲凉,搞得全村人想起来又不敢起来,在被窝里又不敢睡着。

话说那个曾经叫过姜永钱的人,乍被这喊声惊醒,心里本能地一跳,只觉得头皮一阵阵发麻。再细一听,是崔炳炳的声音,这才想到自己已经把名字卖给他了,悬起的心才放了下来。可他老婆怎么接受得了这个事实?"姜永钱"毕竟是自己的男人,她吓得上下牙齿"咯咯"直打架,两只手紧紧抓住男人的胳膊,生怕他会被这叫声夺了去。睡在一边八岁的儿子这时也被惊醒过来,"哇"地哭着直往妈妈怀里钻。姜永钱不知道该怎么来安慰女人和孩子,这时候只有连连懊悔:自己不该为了贪这十元钱,冒失闯祸。

吆喝声持续了十多分钟,总算停止了。一整天,没有新的动静,许多人想问问崔炳炳,他为什么要这么干,可话到嘴边又咽了下去。那个年头,整人整怕了,自己都顾不过来呢,人们怕打不着狐狸反惹一身臊。姜永钱呢,一想到自己已把名字卖出去,见了崔炳炳也只有在心里暗暗吐唾沫的份儿。

一连几天,每天都是这个时候,崔炳炳就像喊魂似的在村里喊开了:"姜——永——钱——噢,你——回——来——"这喊声震得村头树林一阵瑟瑟响,时而还夹杂着几声狗叫,真是令人毛骨悚然。

姜永钱八岁的儿子受不住这种惊吓,发起了高烧,做母亲的实在忍受不下去了,便带着儿子回了娘家。姜永钱虽说是个壮实汉子,然而这一天天的叫魂声,也使他躺不住了。这天清晨,当姜永钱听到崔炳炳的第一声吆喝时,便急忙穿衣起床,循声找去。

此时已是深秋天气,当姜永钱看到崔炳炳时,他正披着一件老羊皮袄,两手按个喇叭状,嘶着嗓子在吆喝:"姜——永——钱——噢,你——回——来——"

姜永钱压住心头的怒火,走了上去:"你……你是……存心不让……我过了啊!"

崔炳炳一惊:"啊,你也起得这样早?"

"你……也……真够……损的……"

"你这是说哪儿话呀?大清早就编排我的不是,可要当心舌头呀。"

"向你……直……说了吧,我……不卖名字了。"姜永钱涨红着脸,从贴身口袋里掏出了那张十元钱的票子。

崔炳炳稳着哩,他早就料到了这一着,说:"你可不能这么快就反悔呀,你的约定书还在我这儿呢。"

姜永钱一时张口结舌,只好无可奈何地哀求说:"就……算我……求你了,还不行? 你把我……儿子……吆喝……出病来了……我老婆……都回……娘家了……我都……心惊肉跳的……"

崔炳炳劝道:"唉,我说你可也真笨,你们不会用棉花球把耳朵塞住么?"

"这……"姜永钱一想也是,不禁用手摸一下脑袋,自己为什么没有想到这个主意呢? 让老婆和儿子把耳朵塞住,不就听不见这叫魂似的声音了么? 不过,这也不是长久之计,这到何时是个头呢? 他小心翼翼又问了一声崔炳炳。

"这个么……"崔炳炳显出一副沉思的样子,"总得到你习惯的那一天为止。"

"啊?"姜永钱一听这句话,仿佛寒冬腊月一盆冷水从头顶浇下来,好说歹说结结巴巴求了崔炳炳一大通,直到最后,崔炳炳才不乐意似的说道:"你既然想赎回你的名字,就给我一百块钱吧!"

"你……你咋要……这么多呢? 我……长这么大,还……从来……没拿过……一百元钱呐。"

"这我可不管,你如果觉得不合算,那就算了,我可要走了。"说完,崔炳炳转身就走,清了清嗓子,又喊开了:"姜——永——钱——噢,你——回——来——"姜永钱伸手要拦他,可一想到哪儿去弄这一百元钱呢? 只好又缩回去了。

一连过了十多天,听说崔炳炳还在吆喝叫魂,姜永钱的老婆带着儿子一直不肯回来,姜永钱心里恨透了崔炳炳。

终于有一天,姜永钱压在心头的怒火爆发了。这天晚上十点钟刚过,姜永钱怀里揣了一把木杆剃头刀,带了那张十元的票子,直奔崔炳炳家。由于心中紧张,敲门的声音特别响。崔炳炳要紧打开房门,一看是姜永钱,忙把他请进屋。姜永钱心里有事,开口更加结巴,一句完整的话也说不上来,急得把眼珠都快瞪出来了。倒是崔炳炳先开了口:"你现在来,莫非是给我送钱来的?"

姜永钱一听"钱"字,火气就上来了,心里反而镇定下来,一边说:"带来了,你看这不是么!"一边就把那十元钞票往崔炳炳的鼻子底下戳去。

其实,姜永钱拿钱的这只手,中指和食指间还夹着一把剃刀,姜永钱今天是豁出去了,可崔炳炳还蒙在鼓里,崔炳炳眼里只看到钱,并没有发现他手里还有刀子。当姜永钱拿刀子的手触到他鼻子的刹那,趁机把刀子插进他嘴巴里用力一划拉,只听崔炳炳"啊——"一声惨叫,当姜永钱把刀子抽出来的时候,崔炳炳的多半截舌头被一起带了出来,人当即晕了过去。

姜永钱一看崔炳炳倒下去,哪里还有什么火气,两只脚都发软了。他一看崔炳炳嘴巴里还在流血,急忙从灶膛里抓了一把草木灰,掰开他的嘴巴塞了进去。

这时已经深夜十一点多了,周围一片静悄悄,姜永钱跌跌撞撞摸回自己家里,好半天,"咚咚"乱跳的心才平静下来。

第二天,靠山村的人总算睡了一个安稳觉。不过天天听惯了叫魂声,乍一停,人们反而觉得有点奇怪。

没有多少时候,姜永钱昨晚割去崔炳炳舌头的事就传遍了全村。姜永钱是一个老实汉子,崔炳炳起早叫魂前在人们心目中也坏不到哪里去,所以两个人究竟为了什么事闹到这个地步呢?一时间,人们各种猜测都有,村子里传得沸沸扬扬。

这两个当事者呢,一个从此少了半截舌头,再也不见他开口,另一个走路老是跌跌撞撞,总好像有人在后面追着一样。当事者不说,这个谜自然无法解开。一直到半年以后,当初崔炳炳要买名字,那个劝过他的老头姜明堂临死时,才说出了真相:这件事是姜明堂无意中挑起的。

原来崔炳炳平时爱耍些小聪明,凭一双巧手干外活,自然成了当时公社割"资本主义尾巴"小组注意的对象,割尾巴小组就派他们村里的姜明堂具体调查他的情况,到底赚了多少钱。

经过一段时间的摸底,姜明堂了解到崔炳炳似乎只搞了些油盐贴补钱,没有什么大名堂。本来么,靠手艺吃饭乃天经地义,只是在那个年代,好端端的事儿都说不清楚。姜明堂觉得无法向上汇报,就决定进一步试探崔炳炳一下。

当然,姜明堂没有直接去问崔炳炳,而是说要给他说个媳妇,但人家女方得要一百元钱作彩礼,不知拿得出拿不出。崔炳炳四十出头了,再穷也总想有个家,他信以为真,便答应试试看。姜明堂以为他真能拿出一百元钱来,因此在崔炳炳买名字的时候,他一点也没有想到他是在动这个脑筋。

直到割舌头事件发生后,姜明堂偶尔听姜永钱说起崔炳炳要他一百元钱赎名字的事,方知是自己惹下的麻烦。他当时害怕把自己牵扯进去,连家里人都不敢说。崔炳炳没了舌头,村里人更无从知道。

事过境迁,然而这件事却成了姜明堂的一块心病,离世之时,他终于鼓起勇气说了出来。

(葛 亨)

阿
祥
扔
单
车

　　阿祥有辆自行车,骑了十年啦,如今浑身是锈,破破烂烂,骑上它,就像挑了副铜匠担,"哐当哐当"。他想换辆新车,到自行车交易市场,挂牌五十元,哪知整整等了一天,也无人问津。

　　半个月后,阿祥厂工会替全厂职工向保险公司投了保,凡是厂里职工家中遭灾、遇盗,可向保险公司索取赔偿。

　　阿祥闻讯眼前一亮。他想:听人家说,如果自行车在自己家门口被窃,可按市场价的70%向保险公司索赔。他那辆老爷车,十年前售价一百四十五元,眼下涨到三百元出头,即使扣除些折旧费,保险公司也得赔他两百来元!这么一想,阿祥来劲了,于是日也盼、夜也盼,盼望贼伯伯早点来偷他的老爷车。

　　阿祥住的那条弄堂,虽说是石库门旧式里弄,却是市里治保先进集体。阿祥为了配合贼伯伯行动,他将车子停放在弄堂里,从不搬进天井来,可转眼三个月过去了,这辆老爷车就像庙门前的石狮子,天天稳稳当当地停在他家大门口。

春节过去了,大批外来务工人员流进了上海,一天黄昏,北风怒号,弄堂里人影稀少,一些外来人员不时从弄堂两头穿来穿去。阿祥想:这老爷车上海籍的贼伯伯看不中,看来希望只能寄托在外来人员身上了。于是,他就躲在窗帘后面恭候贼伯伯上门。

嗨!果然来了!这时,只见一个三十来岁穿得又脏又破的青年,贼头贼脑四下望望,然后摸出旋凿,插入老爷车的锁里,只听"啪嗒"一声铁锁落地,阿祥见了心花怒放。

正当偷车贼推起车子要走时,突然响起一声:"抓贼啊——"接着,从对门冲出几个老太太,围住了偷车贼。大家看清是阿祥的自行车,便"哇哩哇啦"高喊阿祥。

阿祥再也躲不下去,只好窝了一肚子火来到门口,心里嘀咕着:老太婆,多管闲事,把我的如意算盘搅乱了。

这些老太太都是治保小组成员,她们对阿祥说:"偷车贼帮你捉住了,你年轻,有力气,把他送到派出所去。"

阿祥只得押了偷车贼往派出所走去。他一边走一边对偷车贼说:"你把我的锁撬坏了,总该赔我啊!"

那偷车贼听他话里有话,马上摸出两张分,朝阿祥手中一塞,转身拔腿就跑了。

阿祥望着手里的钱,嘻嘻一笑:白得两张分,实惠,实惠!

又过了一个半月,这一天,阿祥推了老爷车上街买东西,他刚来到闹市区一家商店门口,就见前面路边停了一辆加长的卡车,好多穿制服的执勤人员将乱停乱放的违章自行车往卡车上搬。

阿祥眼前又一亮:假如我把这辆老爷车放在这儿让他们搬

上卡车,我去向派出所报案,说是在家门口被偷的,谁能对证呢?

好,这主意好!于是,阿祥推起车子,来到执勤人员面前时故意将车子停在商店门口,然后转身大摇大摆朝商店走去。

不料没走出三步,执勤人员将他拦住:"同志,请你不要把自行车停在人行道上。"

"我上这家商店买东西,不停在这里停在哪儿?"

执勤人员说:"整顿交通秩序人人有责啊!"

阿祥强词夺理说:"我进商店买东西不超过五分钟,停一会又怎么啦?"说着,不理执勤人员,自顾自朝商店大门走去。

执勤人员一看,立刻"刷"撕下一张罚款单,追上阿祥说:"你不听劝告,罚款五十元。"

"五十元?帮帮忙,我这辆车子卖也卖不到五十元。要钱没有,要车子你拿去。"说完,头也不回地进了商店。

阿祥躲在商店里,见自己的车子被搬上了卡车,他感到大功告成,就从后门溜出,到了派出所,谎称自行车在家门口失窃,申请办理报失手续。填写好报失单后,他又赶到厂工会盖了章,下午便到保险公司要求赔偿。理赔科同志接受了他的索赔申请,请他回去等通知来取款。

回到家,已是华灯初上,阿祥心里开心啊,到熟食店买了鸡头、猪脚爪,再加上一瓶酒,他要为自己的胜利庆祝一番。

他举起杯子喝了一口酒,随手打开电视机,哪知不看不知道,一看吓一跳,只见电视屏幕上正在播出他与执勤人员斗嘴被罚款的场面。他心想:不好!假如保险公司的同志也看到这个镜头,自己就索赔不成啦!

正在此时,户籍警老李走了进来,说:"阿祥,你老实说,你的自行车到底是被偷的,还是违反交通规则被扣留的?"

"这,这……"阿祥连忙关掉电视机。

"喏,交警中队根据你自行车上的钢印号码,要我们给你送罚款单来,五十元。车子你自己去分局认领。上午你来报失时填写的单子还给我——"

"这单子——我、我……"

"车子没被偷,单子要收回。"

"这单子,我、我交给保险公司啦!"

"什么? 你违反交通规则车子被扣,还向保险公司索赔? 你真会玩啊! 你欺骗保险公司,扰乱社会治安,跟我走吧,到派出所住几天,我来陪你一起学习……"

"什么? 要拘留我?"阿祥望着桌上的冷菜和酒,一声长叹,只好垂头丧气地跟老李走。

他边走边想:怎么才能争取宽大处理呢!

(黄宣林)

赚钱高招

　　章家胡同有个厕所,厕所斜对过住着一对年轻夫妻,丈夫章玉文业余时间喜欢爬格子,妻子玉芳在工厂当工人。

　　这天傍晚,章玉文正在写一篇文章,从门外冲进一个人,拿起文稿"哗啦"一掀,骂道:"你整天闷头写,能写出个啥名堂?"

　　章玉文抬头正要发火,见是妻子玉芳,只得皱皱眉头,问:"你正上中班,咋回来啦?"

　　妻子很兴奋,拉他往窗外一指:"看见厕所了没有?"

　　"看见了。"

　　"你知道它是啥?"

　　"厕所。"

　　"咳!"妻子一摆手,"这可是一块风水宝地呀!"

"风水宝地?"章玉文丈二和尚摸不着头脑。

妻子把他推到门口,指着小棚下的一张旧桌子说:"咱把它抬出来,擦干净,然后往厕所门口一摆,卫生纸桌上一放,凡是进去方便的人,一律两毛。现在车站、商场、繁华大街上都兴这。我观察过了,十分钟进去八个。照这样算,你每天干上四小时,一个月额外收入一千多!你说是风水宝地不是?"

章玉文挠挠头皮,又问:"这招儿是你自己想的?"

"哪里!下午一上班,我和另外几个小姐妹一块儿侃出来的。"

章玉文一听连连摇头:"人家收费的厕所,是经过批准的,咱擅自收费不犯法?"

妻子看丈夫不提劲,急了:"怕啥?人家大学教授都敢下海卖馅饼。今天你去不去?"她说着,抓起稿子就要撕。

章玉文知道妻子的脾气,赶快合上钢笔帽:"走,咱走!"

两人把小棚底下的旧桌抬出来,擦洗干净,一块儿抬到了公厕门口。

放下桌子,妻子很有信心,对章玉文说:"你看咱这胡同位置多好,一出街口就是繁华闹市,凡是外地出差、旅游的人,要想方便,都得往这儿跑。他们一见咱这阵势,就会自动把钱掏出来。"

章玉文只能陪着点头:"对对对,你说得很有道理。"

妻子放下折叠椅:"你坐这儿先盯着,我去居委会打听打听,看还有啥手续。"说着,把挎包里的卫生纸掏出来,往桌上一放,"记住,不论大方便、小方便,一律两毛!"交代完,转身走了。

章玉文想:这算什么事儿呀?不行,回去!当即合上折叠椅,搬起桌子回了家。

进了家,章玉文马上来了灵感,妻子这个赚钱怪招儿,如果把它写出来,那可是一篇精彩文章!

章玉文赶快摊开稿纸,趴桌子上"沙沙沙""爬"起了格子。

他正爬得上劲儿,屋门"咣"地一声被撞开,妻子进来一把抓过稿纸,喝道:"写写写,你就知道闷头写!"

章玉文满脸通红,把钢笔一撂:"公共厕所门口那钱,我……我不能挣!"

"咋不能挣? 不偷不抢,劳动所得,咋不能挣?"

"我不合适!"

"咋不合适?"

"你……你不要强人所难!"

妻子晃晃手中稿纸:"我可告诉你说,我马上还要去加夜班,你要耽误我的事……"说着,她比划了一个要撕的动作。

章玉文感叹一声:"想当初,你爱摄影,我爱写作,咱两个对艺术有着共同的追求……"

"得得得。"妻子听不进去,"你别酸了好不好,现在社会都发展了。走! 摆摊!"

章玉文没法,只好和妻子一起抬起桌子,再次来到了公厕门口。

这时天已黑了,公厕前路灯耀眼。两人放下桌子,妻子摆上卫生纸,说:"你好好在这儿给我守着。刚才我去找居委会主任,他不在家。现在我走了,记住,今晚不顶到十二点,你不准回家!"

听了妻子这道令,章玉文眉头皱得更紧了。

妻子走后,章玉文前后一望:不行,还得回家! 于是重又搬起了桌子。

到家后,章玉文把桌子扔到小棚底下。可他进屋一想:这不行,妻子回来没法交代……对,找几件衣服洗洗,这样总比啥也不干强! 于是他找来几件衣服,打开洗衣机盖。这时,他脑子里"突"地又蹦出一个灵感,他忍不住赶快提笔铺纸,趴到写字台上写了起来。

写完稿子,一改一誊一望表,已到十二点,妻子要下班了,章玉文慌得忙起身开了洗衣机,把衣服搅两遍,甩干,晾到院子里。

闹腾一天,人困马乏,章玉文熄了灯,躺倒睡觉。他睡得正香,觉得有人推他,揉眼一看,天色早已大亮,妻子喜滋滋地举着一把票子问他:"你昨晚上挣了这么多?"

"啥?"章玉文昏头昏脑。

妻子晃晃手中的票子:"这不——"

章玉文瞪大眼睛,看清妻子手里的钱有整有零,觉得熟悉,再一看桌上空空的,一下明白过来,咧咧嘴,苦笑着嘟哝道:"那……那是昨晚我洗衣服,从你上衣口袋里掏出来的。"

"啥?"妻子差一点跳起来,"昨晚你一分钱没挣,跑回家睡觉来啦?"

章玉文坐起身,两手一摊:"我……我的位置不在厕所嘛!"

妻子二话没说,两步走到写字台前,抓起丈夫昨晚的大作,用眼一扫:《赚钱怪招儿》。往下没看两行,她早已火冒三丈:"你想当作家……"抓着稿子"刺刺啦啦"撕了个稀巴烂,随后把碎纸片往章玉文脸上一扔,"你三个月抠出来一篇豆腐块儿,挣三十块钱,现在去哪里还能找到你这号傻瓜?我可告诉你说,我不管怪招儿不怪招儿,你现在如果不去厕所门口给我挣钱,你就是无能!你就是无能!"

章玉文气得嘴唇直打哆嗦,他忍无可忍,"腾"地跳下床,嘴里嚷道:"挣钱挣钱挣钱,钱这东西真它妈是个王八蛋!玉芳同志,今天我要是不把钱给你挣来,我我我……我就不是我!"

妻子马上支持说:"这就对啦,天上不会掉馅饼。"

章玉文牙不刷、脸不洗,一个人搬张桌子来到公厕前,打开折叠椅,气呼呼往上面一坐,身子挺得笔杆一样直。

妻子随后就赶来了,章玉文憋气说:"公事公办,你进去也得掏两毛！"

刚说到这,打正南过来一对青年男女,男青年胳肢窝里挟着几块木板,女青年手里提一个小圆桶。

两人来到公厕前,绕着章玉文两口子上下打量。打量完,男青年要进男厕所,章玉文憋一肚火没处发,"嘭"地一拍桌子,把跟前三个人都吓了一跳:"买纸!"

男青年回过神儿,知道是说他,眨巴眨巴眼,"扑哧"一声笑了:"你让我买纸? 知道我们是干啥的吗?"

妻子马上给丈夫帮腔:"不论干啥,进去都收费。"

女青年忍住笑,不吭声。

男青年走到男厕门前,把门一关,封上木板,举起钉锤,"乒乒乒乒"把门钉了个死紧,然后又拿起木板去钉女厕所的门。女青年从小桶里拿出刷子,在厕所墙上"刷刷刷"写上"禁止使用"四个大字。

两口子傻了。

章玉文走过去试探地问女青年:"你们这是……"

女青年"咯咯咯"笑了起来,说:"这一片地我们单位征用了,要盖科研大楼!"

章玉文一听,转身对妻子说:"都听见了吧? 我早给你说过,我的位置不在厕所嘛!"

妻子还有点不相信,懵懵懂懂地说:"我咋听不太明白……"

章玉文搬起桌子,催她:"快走吧,不是你不明白,是这世界变化快。高科技要占领你这块风水宝地啦!"

（赵常勤）

老苗黄鱼

　　老苗是谁？集贸市场鱼摊上一个领到营业执照没多少时间的个体摊贩。他虽说做鱼生意时间不长，却心眼活络，很会动脑筋。这不，别人摊位上一式挂的都是牌价，而他摊位前还有一块比牌价更醒目的广告牌，上面写着：老苗黄鱼给您带来好运气。

　　这天，老苗正在摊位上起劲地招徕顾客："买鱼啦，买鱼啦，吃了老苗的大黄鱼，会给您带来好运气。来来来，买大黄鱼啦。"

　　忽然，他看见楼上邻居小李拎着菜篮子走过，老苗连忙招呼道："小李，买条大黄鱼吃吃吧？"

　　小李笑着摇摇头，说："老苗叔，我本来很欢喜吃鱼，就因住在你楼上，天天闻鱼腥味，闻得我再也不想吃鱼了。我还是买点别的菜,谢谢你了。"小李一边说一边继续朝前面走。

老苗朝他背影哼了一声:"吃银行饭的,买什么都要拨算盘横算竖算。"

正嘀咕着,一个四十朝外的中年男子在他摊位前停了下来,扫一眼摊上的黄鱼,问老苗:"同志,这黄鱼身上的冰怎么这么厚啊?"

"哎呀,"老苗连忙解释,"朋友你不知道,冰厚说明这鱼新鲜。你想想看,鱼不上冰,不是早就发臭了吗? 告诉你,我这黄鱼是从北冰洋来的,你买回去绝对不会上当。"

"怎么? 黄鱼游到北冰洋去了?"

"我讲的是大实话。这鱼身上有冰吗?"

"有。"

"这冰拿回家,你要剥下来吧?"

"当然要剥。"

"剥下来的冰会不会烊掉?"

"那还用说。"

"这就对了,北冰洋的上海话跟'剥、冰、烊'不是一个读音吗? 我这个人做生意实事求是。朋友,你称几斤?"

中年男子苦笑着摇摇头:"唉,要不是海外几个亲戚来吃饭,指明要吃我老娘烧的大黄鱼,你就是再新鲜的'北冰洋',我也没胃口啊。算了,你就帮我拣三条吧。"

"好嘞!"老苗一副热心的样子,帮他拣了三条黄鱼,一称,总共十斤零四两。

老苗挺大度地挥挥手,嘴里嚷着,"我们交个朋友,十八元一斤,十斤 180 元,四两零头去掉算了。怎么样?"

碰上这种口甜心辣的生意人,中年男子还有什么话说? 今天硬是自己伸出脖子去给人家斩的。他只好摸出皮夹子,把钞票一张张数给老苗,十元一张,一共数了十八张。付了钱,拎了黄鱼就走。

顾客前脚走,老苗立刻就从摊位后面窜出来,弯下腰蹲在地上绑起鞋带来。这个动作似乎有点怪,有人要说,这一定是心眼活络的老苗又生出什么花头来。

你猜对了!原来刚刚买黄鱼的中年男子从皮夹里抽一沓钞票点数时,不慎带出一张纸来,眼尖的老苗断定这是一张存单,故意不露声色,这会儿,趁着这怪动作,他想把存单占为己有。

可是,他还来不及把存单藏进裤兜,一个声音吓了他一跳:"老苗,你这样不大好吧?两千元不是小数目啊!"

老苗抬头一看,刚才已经走到前面去了的楼上邻居小李,不知什么时候又折了回来,此刻正站在他面前。

老苗心里火啊:你这个银行铁算盘怎么早不来晚不来,偏偏这个时候来,而且眼睛像雷达,连存单上的金额也看清楚了。但是他又不便发作,脑子一转,站起身,拍拍小李的肩膀,悄声说:"既然你看到了,我们一人一半,怎么样?"

"那怎么行?"小李口气非常坚决,"我在银行里做的,这样做要犯错误的。而且我已经看清楚了,这张存单就是我们储蓄所开出去的。"

"哎呀,"老苗手一拍,说,"这不是更好吗?是我拾到的,我出面去拿,你在里面照应着点,岂不是十拿十稳的事?怕啥!"

小李还是摇摇头:"不行,我劝你还是把它还给人家。"

老苗一听,心想:完了,小李口气这么硬,看来我一分钱也别想拿到。今天算我倒霉。

他暗自叹了口气,忽然心里一动,又拍拍小李的肩膀,眨眨眼睛说:"小李啊,你到底是住在我楼上,住得高看得远。刚才我是存心考考你的,银行有你这样的好青年,我们老百姓参加储蓄也就放心了。我老苗虽说是个鱼贩子,但也不是那种见利忘义的人,你放心,今天就是收了摊,我也会等在这里,这个人总归会找上门来的。"

　　小李正想说什么,这时候只见刚才那个买黄鱼的中年男子一路匆匆找了过来。老苗一看存单,这个人叫"林之辉",便招呼了一声:"哎,林之辉!"

　　小李到底是银行出身,谨慎仔细的职业习惯提醒他赶快推推老苗,转身问林之辉:"同志,你找什么?"

　　"我……我找一张存单。同志,你看到过没有?"

　　"你叫什么名字?"

　　"林之辉,双木'林',三曲'之',光辉的'辉'。"

　　"存单上面金额多少?"

　　"两千,已经到期了。买鱼前存单还在皮夹里,买好鱼回家,存单不见了,所以我想来问问。"

　　小李挺热情地说:"林之辉同志,别着急,这位老苗同志拾到了你的存单,正等着你来认领哩!"

　　林之辉一听存单有了着落,心里的石头落了地,他心里很感动:这世界上到底还是好人多啊。他一步上前,紧紧握住老苗的手,说:"老苗先生,买了你的鱼,真的给我带来了好运气。谢谢你,谢谢你啦……"

　　此刻老苗脸上在笑,心里在哭,眼看到手的钞票飞了,也没办法。不过,他心里总归有点空落落:现在不是时兴有偿服务吗?我还他存单,也得拿他百分之十的劳务费。可是小李不走,自己就不便直截了当提出来。怎么办?

　　他脑子一动,于是拐弯抹角地说:"小事一桩,就不要说谢了,我们个体摊贩也要学学雷锋嘛。现在是市场经济,虽说为了保管你这存单影响了我不少生意,不过这也是应该的嘛……"

　　"是的,是的,我一定要好好地表示我真诚的谢意——"林之辉不是呆瓜,哪里会听不出老苗的话中话,所以他一面再三向老苗表示感谢,一面周身上下摸了一阵子,挺不好意思地对老苗说，"老苗同志，这张存单先留在你这里，我去去就来……"说着，他转身就走。

小李见状，一个劲地埋怨老苗说："老苗叔，你这样说不是变相在向他讨钱吗？"

"这有什么不可以，"老苗头一昂，"我总不能白做好事吧？再说，我也没向他要，他愿意给我是他的事。"

老苗说得振振有词，小李偏偏寸步不让，于是两个人争了起来。

这时候，林之辉手里捧着一个礼仪大信封，急匆匆地赶过来，气喘吁吁地说："老苗同志，这是我的一点心意，请你无论如何一定得收下。"

老苗接过信封一按，厚笃笃，他好不高兴地说："朋友，拾金不昧是我们中国人的传统美德，你何必如此客气呢？"他一边说一边把存单交给了林之辉。

待林之辉一走，老苗对小李说："你看看，人家派头多大！"他赶紧打开信封，啊，抽出来的不是人民币，是一封写在大红纸上的表扬信。

老苗气得面孔都变了色，把表扬信随后一扔："这小子，真不是个东西！"

小李乐呵呵地在一旁劝道："老苗叔，你犯不着生这么大气嘛，依我看，林之辉这封信你是出了钱也买不来的，这是顾客对你的信任和评价啊……"

哎——老苗眼前一亮：小李这话有道理。

他捡起表扬信，只见上面写着："老苗风格，无私心杂念；爱心一片，弃拜金主义。"老苗一面看一面脑子里又活络开了，心里顿时有了主意。他吩咐小李说："小李，帮个忙，把这封表扬信贴到我广告牌上，让来买鱼的人都知道我老苗是个雷锋式的诚实人，我生意会更加好……"

小李万万没料到老苗的脑子转得这么快，真是门门不落空啊，佩服，真是佩服。他想了想，说："今天的事我是见证人，要不要我在表扬信上签个名？"

老苗一听当然拍手叫好，于是小李掏出笔在表扬信上写了起来。

老苗明明看到他在签自己名字，可谁知他签完名后的表扬信变成了："老苗风格无，私心杂念；爱心一片弃，拜金主义。"动了三个标点符号，把意思完全变反了。

老苗急得双脚跳："这还叫我怎么贴上去呢？"

小李说："老苗叔，我这是为你好。你现在摆摊头，更加要讲究实事求是这一条，不要投机于一事，也不要取巧于一时，否则你生意做不大的。今天的事过去就算了，好在你摆摊头时间还不长，吸取教训就是了。"

小李一番话说得诚诚恳恳，推心置腹，老苗眼睛瞪着他，好像今天第一次认识这个楼上邻居似的。

（黄宣林）

「借」本下海

戚祥安是个停薪留职的小干部，最近说了一火车的好话，才让老婆卓文玉拿出压箱底的一千四百块钱，又找朋友借了八百块，凑了两千两百块，雄心勃勃地要出去闯世界。临走时，他拉着老婆的手说："文玉，放心吧，不混出个人样儿来，我就不回来见你。"他老婆流着眼泪说："别那么说，混好了回来，混不好也回来，咱们凑合着过日子，听见没有？"戚祥安拍着胸脯说："放心吧，没问题。"

到底出去做什么买卖，东西南北往哪儿走，戚祥安心里一点儿谱也没有。但他又一想：事在人为嘛，出了门只要眼观六路、耳听八方，来个随机应变，总能闯一条路出来。

主意打定，他便来到了火车站。一进车站，正好就听见有几个人在议论出去做生意的事,说是到阜德去买大米,然后再到上新去卖,绝对是赚钱的买卖。戚祥安听了不由得暗暗高兴,心想:真是顺,一出门就弄到一条宝贵的信息。

戚祥安毫不犹豫地买了去阜德的车票。到了阜德,他找了个不大不小的旅店走进去,到服务台把身份证一递,小窗口的女服务员伸出头来把他看了又看,看得戚祥安心里直发毛,嘀咕着:"莫非我和哪个通缉犯长得差不离?"他眨眨眼睛问:"小姐,我怎么啦?"女服务员一乐:"没什么,刚才住进来一个人,名字和你差一个字,长得也差不多。""是吗?"戚祥安问,"他叫什么?""戚祥兴,比你小两岁,住在222房。"戚祥安一听来了神:"嘿,我打上小学起就没碰见过同姓的,没想到今儿在这儿碰上一个,我就跟他住一个屋。"

女服务员也觉得新鲜,就按戚祥安的要求给他办了手续。戚祥安来到222房,推开门就喊:"兄弟,兄弟!"屋里那个人给喊愣了,看着他直发呆。戚祥安过去一拍他肩膀:"你不是戚祥兴吗?我叫戚祥安,比你大两岁,你不是我兄弟吗?"等戚祥兴明白过来是怎么回事,也很兴奋,立即"大哥、大哥"地叫个不停。两人就这样一见如故,成了胜过一母同胞的知心朋友。

第二天,戚祥安起了床,拍拍睡得正香的戚祥兴说:"兄弟,我得去买大米,早走一步了,中午回来一块儿吃饭呀!"戚祥兴睁开眼睛说:"大哥,对不起,我上午也得走,账都结了,咱哥儿俩以后再见吧。"戚祥安想了想,说:"也好,咱们常通个信,有空到我家坐坐。"戚祥兴应了一声,就坐起来穿衣服。

戚祥安一边收拾东西,一边说:"兄弟,别起来了,多歇会吧!"说着话,突然惊叫起来。戚祥兴忙问:"大哥,怎么啦?"戚祥安抽筋似的在提包里乱掏一气,一通乱翻。戚祥兴又问:"大哥,到底是怎么啦?"戚祥安这时已满头大汗,看了戚祥兴一眼,焦急地说:"我的钱……没啦!"没等戚祥兴再说什么,他已跑到大门口,大声喊道:"服……服务员!"

一个服务员听见他的喊声,连忙跑过来问:"怎么啦,大早上就乱喊?"戚祥安用手擦着脑门上的汗说:"我的钱没啦!""多少?""两千两呀!"戚祥安说到这儿,急得都快哭了。

服务员一听数目不小,赶紧报告了保卫科。保卫干部来了,仔仔细细地问了一遍情况,往小本上密密麻麻地写了一片,末了说:"好,情况知道了,以后有了消息,会通知你的。"说罢,转身要走。戚祥安一把抓住他说:"这就行了?告诉你,这屋子里除了我们哥俩,就是服务员来过,丢了钱你们赔!"服务员一听急了,指着他说:"谁让你不把钱寄存上呢,我们不负责。"戚祥安一肚子气正没处撒,听她话说得难听,就和她吵了起来。

戚祥兴见乱了套,赶紧劝架,按下这个,又劝那个,好不容易才让大伙儿平静下来。他打开自己的包说:"我在这儿住了一宿,请大伙儿看看我的行李,没什么事我也得走了。"

保卫干部一听,说:"也好,这样你走了心里也踏实。"说着就检查开了。他掏出一个纸包,问:"这里是什么?""那是我带的钱。""多少?""两千两,噢,跟我大哥带的一般多。"

保卫干部一听"两千两"这个数字,一下瞪大了眼睛,拍了拍纸包问:"那你能说出里面的钱是什么样的吗?"戚祥兴抓开了头皮:"钱是我媳妇攒的,临出门包好了给我放在包里,我只知道是那么多,具体……说不好。"

保卫干部又把头转向戚祥安:"那么你的钱呢?"戚祥安不假思索地说:"有四张五十元的,其他的全是一百元的。可我是用牛皮纸包的。"保卫干部说:"什么纸包的不重要,咱们看看里头。"说着他打开纸包。大伙伸长脖子一看,全傻了眼:里面的钱,正是像戚祥安所说的那样。

这么一来,戚祥安、保卫干部,还有那个服务员,把目光"刷"地一下全射向了戚祥兴。他一下发毛了,结结巴巴地说:"你们这是干什么,钱是我媳妇……"保卫干部叹了口气说:"唉,看外表你挺老实的,没想到你还有这两下子呀!"戚祥兴还要分辩,保卫干部和服务员就拉着他要去保卫部门。戚祥安不忍心了,劝阻说:"我看咱这事,私了吧,我和兄弟处得不错,又是戚姓一家,如果兄弟有了难处,我乐意帮他一把。兄弟,这钱你拿走一千,该办什么办什么,怎么样?"

保卫干部以为戚祥兴准得顺着坡骑上驴,哪知戚祥兴眉头拧成一个疙瘩,把手摆了摆说:"不是我的,我一分也不要,可这钱是我的,不能分,你要有难处,全拿走,兄弟我奉送了。"说罢,提起自己的包就走。戚祥安觉得不忍心,要拦住他,保卫干部说:"你既要私了,就由他去吧,这钱要是他的,他能这么大方吗?"戚祥安只好蔫头耷脑地离开了旅店,朝粮食市场走去。

由于为钱的事折腾了一个早晨,戚祥安来到粮食市场时,人已经很少了,而且大米也卖完了,他由东头跑到西头,再由西头返回来,一颗米粒也没买着。他正犯愁时,忽然,看见一个人推着鼓鼓囊囊的两个大麻袋走过来,不由得喜出望外,忙迎上去问:"伙计,大米怎么卖?"那人摇了摇头,说:"不是大米,是稻子。""稻……"戚祥安一听又蔫了下来,"你干什么不碾成米呀?"那人说:"我家那边停电,碾不出来,你买了去自己碾成米,我便宜卖给你行不行?"戚祥安一打听价,比大米便宜得多,心想,干脆买了,运到上新再说。

那人也是急着要卖,就说:"你要买了,我免费给你送到码头,搬上船,怎么样?""好!"

买卖当即成交,那人收了钱,果然调转车头朝码头推去。戚祥安一溜小跑跟在后头,直跑得满头是汗,直喘粗气。他叹口气自言自语道:乖乖,做买卖真不容易呀!来到码头,看见一条船已解了缆,正要起航,就扯开嗓子喊:"喂,等一等!"船上的人听了就停下船来,七手八脚地帮戚祥安把稻子装上船。戚祥安给众人道了谢，还朝那个卖稻子的招手道别。等上了船，他觉得浑身都快散架子了，往稻包上一靠，两眼一合，就打起呼噜来。

过了中午，戚祥安才从睡梦中醒来，他伸了个懒腰，问："快到上新了吧？"他这一问，船上的人都笑了起来，他觉得不妙，问："怎么啦？"船老大走过来拍着他的肩膀说："兄弟，没出过门吧？这船是往西坳开的，越走可是离上新越远了。""啊？"戚祥安一下蹦了起来，责问他怎么不早说。船老大不急不慢地说："你没说上哪儿呀，我们正要开船，你不是一个劲儿喊等一等，我们才让你上船的吗？"戚祥安使劲捶自己脑袋："怪我，怪我，光看着船要开，以为是到上新的，谁知……误事了。"船老大问明情况后说："兄弟，也不为错，反正你是卖米，上哪儿也一样，难道西坳的人就不吃大米吗？""对，"戚祥安一听又来了精神，"我就上西坳！"

船到了西坳，戚祥安又求人帮着把几麻袋稻子搬上岸，他正琢磨着怎么先把稻子碾成米时，过来一个人，隔着麻袋捏了一把，问："伙计，这里头是什么？""稻子。"那人又问了一句："真的？"戚祥安白了他一眼："那还有假的，你要吗？"那人赶紧掏出烟来，递给戚祥安一支，并给他点上火，说："伙计。说话别那么冲，我出个大价钱全要下来，行不？"戚祥安一听有门儿，就说："你要那么多干什么？"那人吐了一口烟："那你就别问了。"他边说边四下看看，小声说："伙计，说个价吧！"戚祥安伸出五个指头，准备说五毛一斤，没想到那人皱了一下眉头说："五块，太黑了吧？一块五怎么样？"戚祥安没想到他会出这个价钱，不由得一愣。那人着急了，生怕到手的鸭子飞到别人手里去，咬咬牙说："得，我是瞎子暴眼豁出去了，给你一块六。"戚祥安想说行，但一激动，没说出来。那人以为他还嫌少，抓住他的手说："两块，总该行了吧？"戚祥安这会儿也学聪明了，装作挺心痛的样子说："什么行不行的，就算交个朋友吧！"嘴里这么说，心里却喊开了"万岁"。

就这样，戚祥安和那人交了货，那人付了钱，问："伙计，你从哪儿弄来这么多宝贝稻种的？"戚祥安不咸不淡地说了一句："远处呗！"那人不再多问，又用商量的口吻说："伙计，我这儿有点儿党参，药材店离这儿还有一段路，你帮了我的忙，我也给你个方便，你出个柴火价带走，怎么样？"戚祥安本不想买，可一想稻子卖了高价，空着船回去也是空着，不如买了党参，赚一点是一点儿，就买了下来。

那人帮戚祥安把党参装上船，扭头走了。戚祥安还有点儿恋恋不舍的意思。船开了，他那激动劲儿还没过去，就和船老大聊了起来。船老大问："你怎么认识刚才那位的？"戚祥安就把卖稻子、买党参的事说了一遍。船老大哼了一声说："我说他怎么冷不丁地学起雷锋来了呢！"

戚祥安一听话里有话，忙问是怎么回事。船老大说："那人叫二赖皮，整天游手好闲，净干坑人的事。这个地方今年兴种水稻，稻种成了抢手货，他今儿稻子钱给的还可以，不过，他一转手，可就不止两块了。但党参的事我看有点玄。"戚祥安摇摇头说："不会有问题吧？"说着打开一个麻袋，捅出一点儿来给船老大看。船老大一看就咧开嘴了，边上的人凑过来看看，有个人说："哟，还是上等的好党参呢！"戚祥安说："我就知道不会错嘛！"他这么一说，大伙全笑了起来，笑得船直摇晃，笑得戚祥安心里直发毛。

船老大拍着他的肩膀说："老弟，看来你还嫩点哟！这不是党参，是茵陈。我们这儿满地都是，两分钱一斤就有人给你装上船，外加一盒带嘴的烟。你可是出了肉价钱，买了块臭豆腐呀！"

船老大这番话，可把戚祥安说了个透心凉，气得他大骂二赖皮不是个东西。可转念一想，自己那稻子可是赚老鼻子了，让他赚回一点去，我也不亏。再说这茵陈弄回去，也不是一点用没有，哪怕装枕头、垫褥子，也比扔了强，说不定还有防病健身的功效呢,商店里卖的那药枕,不也就是那么回事吗？想到这儿,他又心安理得了。闲着没事,想唱几句,他咳嗽了几声,拔开嗓子来了一句:"妹妹,你大胆地往前走哇——"

他这一闹腾,船上的人全以为他神经出了问题。戚祥安见大伙不敢理他,更来劲了,把从上小学学的歌,凡是记得的,从头唱了一遍,什么"我爱北京天安门"呀,"亚洲雄风震天吼"呀,还真不少。船老大不住地摇着头,叹着气说:"唉,这年头的人都怎么啦？"戚祥安唱够了,就倒在麻包上睡了起来,那呼噜打得简直像打雷!

经过一天的行驶,船又回到阜德,戚祥安上了岸,把茵陈堆在了一棵树下。刚擦着汗,忽然看见树上贴着一张布告,过去细看,上边说,由于近日来本地流行甲型肝炎、急需大量板蓝根、茵陈,市医院大量收购,价格从优。戚祥安一看,喜得一蹦老高,马上租个车,把茵陈运到医院。老院长正急得在医院里转磨呢,一看仙丹妙药来了,一再表示价格从优,还留戚祥安吃了顿晚饭,一个劲儿给戚祥安敬酒,不住地说:"戚先生,你真是活雷锋呀,能不能再弄点儿来？"

就这样戚祥安从阜德运稻子到西坳,再从西坳运茵陈回来,他跑了几个来回,钱赚了老鼻子。后来,知道这个信息的人多了,都一窝蜂地来跑。戚祥安一盘算,西坳的稻子差不多已种下去,阜德的甲肝基本上也控制住了,再跑下去,没多大油水了,就决定收兵回家。

他晚上住在旅店里,关上房门,算了一下账,手里一共三万多块钱,乐得血管差点儿胀崩。再一算,离家已有半年了,自己光顾了忙活,一封信也没给家里写,文玉在家肯定哭鼻子了。这么一想,他一夜没睡好觉。

第二天,戚祥安结了账,马不停蹄地往家赶回到家,大喊一声:"文玉,我回来了!"卓文玉从屋里出来,一见他,眼前一黑,腿一软,"扑腾"一声摔倒在地,不省人事。戚祥安慌了手脚,连忙放下手里的东西,又掐人中,又掰胳膊,好一会儿,卓文玉才哼出了声,两眼定定地望着戚祥安问道:"你是人是鬼?"

戚祥安一跺脚:"我刚回来,你问这个,这是怎么说话的?"卓文玉叹了口气,说:"你要是再晚回来些日子,我都准备给你过周年了。"戚祥安给闹了个哭笑不得,赔着笑脸说:"文玉,我一走半年,一封信也没给你写,对不起你,现在回来了,你打我骂我都行,别咒我了。"

卓文玉一听这话,眼泪下来了:"你知道我多惦记你吗? 一分钱也不带,不要饭还不就得饿死,我……""什么、什么?"戚祥安头发都乍了起来,"谁一分钱不带?"卓文玉说:"除了你还有谁? 你看,我给你包得好好的,你落在了家里……"卓文玉说着一拉柜门,拿出一个牛皮纸包,戚祥安接过来打开一看,正是他那两千两百块做生意的本钱。

戚祥安托着这钱,像泥胎一样一动也不动。卓文玉急了,推了他几次,他才缓过劲来,说:"这么一说,我把兄弟给坑苦了。"卓文玉又问:"到底怎么回事呀?"戚祥安就把他出门之后怎么到了卓德,怎么遇着戚祥兴,后来又怎么着、怎么着,从头到尾说了一遍,卓文玉听得傻了眼,两口子你看我、我看你,老半天谁也没说出话来。

过了好一会儿,戚祥安说:"这事真对不起我那兄弟,平白无故地让他扔了两千多块,还背了黑锅,这些日子不知他是怎么过的呢?"夫妻俩决定带上钱去找戚祥兴赔礼道歉。

第二天,夫妻两个就上了路,拎着大包小包,一路打听来到戚祥兴家。戚祥兴没出门,正一个人躺在床上看书,听见有人叫门,爬起来开门一看,是戚祥安,一下愣住了。戚祥安也一时找不出合适的话来,就干笑了几声。还是卓文玉开口了:"祥兴兄弟吧? 我是你嫂子,大老远的来了,能不能进去喝口水?"戚祥兴听了连连点头："瞧我,也不知道让你们进来,快,请进屋!"

　　来到屋里,戚祥安四下一看,屋里陈设极为简陋,就知道他日子过得不好,心里不由得一阵酸楚。戚祥兴招呼他们坐下,想倒水,一拎暖瓶是空的,就埋怨开了自己老婆:"我那口子,简直是个死人,老没开水,我找她回来烧。"卓文玉拦住他说:"兄弟,甭找了,呆会儿再说。"戚祥安取出一个纸包,递到戚祥兴面前,叫了声:"兄弟……"下边就哽噎住了。戚祥兴接过包说:"大哥,什么也别说了,今儿个你能和嫂子来,我就是死也……闭眼了。"戚祥安听了再也忍不住了,一把抱住戚祥兴,兄弟两人哭了个痛快。卓文玉在一旁直擦眼泪,默默地看着这一对同姓不同胞的兄弟。

　　这时院里有人说话了:"哟,屋子里怎么了,闹地震啦?"说话间进来了一个妇女,不用问准是戚祥兴的媳妇。戚祥兴擦擦眼泪说:"伍凤,这是祥安大哥,这是嫂子,还不烧水去!"戚祥安来到伍凤面前,鞠了一个九十度的大躬,说:"弟妹,我错怪了兄弟,给你赔礼来了。"卓文玉也说:"妹子,是我们错了,委屈你们了。"哪知伍凤是个特别痛快的女人,她说:"别那么说,谁也短不了出错。有一回我爹让剃头的把耳朵削了一个大口子,人家道歉,他还说:'没什么,是我耳朵长得不是地方。'"一番话,说得大伙都笑了起来。

　　几个人说笑了一阵,戚祥安、戚祥兴这哥俩就商量开了,要合伙出去做买卖。伍凤听了对戚祥安说:"大哥,你们哥儿俩出去我不反对,可有一点我拜托了。"戚祥安问:"哪一点?"伍凤鞠了个躬说:"您千万把钱带上。""这……"一句话说得戚祥安无言以对,但紧接着几个人都笑了起来,特别是卓文玉和伍凤,笑得半天上不来气……

(崔　陟)

发 财 噩 梦

这个也会使人堕落腐化的金钱，它会把人的灵魂变得毫无情感，同时还会把人灵魂中的和善、温柔和爱情都赶跑。

海外来信

信阳县赵家村有位老汉叫赵学贵,妻子早逝,只有儿子春晖和他相依为命。赵老汉土里刨食,生拉死拽地供儿子复读了两年高三。仲夏的一天,赵春晖终于接到了医科大学的入学通知书,父子俩的高兴劲就甭提了。

赵春晖班里有个女同学,叫李佼佼,一直和赵春晖很谈得来,后来两人也都有了意思,可没想赵春晖大学刚读了三个月,就给李佼佼寄出了断交信。信刚寄出时,赵春晖还在内心受到过良心的谴责,整日惴惴不安,甚至有时还想李佼佼会来封信骂他个狗血喷头,或者干脆到城里揍他一顿,那样反而可以解脱了。但是光阴荏苒,两个月很快过去了,他并没有收到李佼佼的信,于是渐渐地便把这件事沉在心底,慢慢地忘却了。

大学里,赵春晖越来越意识到:大学不比中学,好成绩好像不怎么能使自己出人头地,同学们更注重的是恋爱、交际、高档次的物质享受以及所谓新潮的生活方式,还有"出国热"等等。这个来自农村的赵春晖,起初与此还有点格格不入,但日渐开始从理解、接受发展到盲目的追求。然而这一切都需要一样东西:钱!看着那些家境富裕的城市学生潇潇洒洒、春风得意的样子,赵春晖只有暗自羡慕,独个叹息。可羡慕归羡慕,叹息归叹息,这都不能变成他急需的钞票,他生平第一次体会到了没有钞票的苦脑。

日子就在叹息声中过去了。

一个星期天上午,男生宿舍里,赵春晖正缩在属于他的角落里,眼热地瞧着同学兜里揣着钱出去找乐子去,同学小钱要拉他一起去,他自叹寒酸地只是摇头。屋子里就剩下他一个人,他无聊地随便拿过一本小说,漫不经心地翻着。

突然,刚出去的小钱折了回来,朝他大声嚷嚷道:"真是包子有肉不在面上!看不出你平常如此寒酸,外边还有财神爷,一下子就给你邮来两千元嘎嘎响的大票子!愣什么?邮递员还在楼下等着呢。"赵春晖瞪着两眼,身子如同在云里雾里一般。

好家伙,两千元对于赵春晖来说可不是个小数目。他这学期的学杂费都是借的无息贷款,自前两个月积劳成疾的父亲永远离开他之后,就是每月十块钱也没有人救济他了。

赵春晖从邮递员手中接过两千元的汇款单和一封信。信封上的字是用工整的小楷写的,还有好多的繁体字呢,发信人的地址是"香港韦利环球公司"。赵春晖满腹疑云,忙撕开信——

内侄你好:

很惊异吧?你也许听你的父亲讲起过,他曾捡了个顽皮、淘气的弟弟。我们虽不是同胞兄弟,可比同胞兄弟更加亲密。那是个离你遥远而又充满疾苦的年代。记得我十岁时得了一场大病，我和你父亲那时已成了孤儿，身上一文不名，你父亲毫不犹豫地去找药店老板，答应给他白干一年杂活，就为了求他给我点儿治病的药……

上个月，大陆来人和我们公司谈业务，没想此人和内侄是同乡，我从他那里才得知今年一月大哥已离开人世，我无法形容我的悲痛。大哥是多么善良，他一生没有过上几天好日子。听那位老乡说家里现在只有你一个人了，正上大学。我很高兴！应该感谢上帝，大哥有这样的好儿子，这是神灵赋予这个老实、善良人最可宝贵的财富。

我想大陆的生活条件不比这儿，现给你寄去两千元人民币。我马上要到东欧去做笔生意，没有时间给你去信了。你自己注意身体。

你的叔父　蒋子虚

赵春晖隐约记起父亲闲聊时曾说过：他八岁时拾了个弟弟，长到十六岁被抓了壮丁，后来一直音讯全无。原来在赵春晖心中，这只是一个离奇的故事，想不到故事还在继续，又那么真实，那么令他振奋。

很快，这事儿在同学中间传开了，赵春晖好像被注射了兴奋剂，他一扫过去沉默寡言、埋头苦读的样子，在宿舍里高谈阔论起来；还用这两千元将自己从头到脚打扮得风流倜傥。可期中测试，他的学习成绩却从全班第一名滑到十几名，招来了班主任的一顿批评。

五一节学校放假三天，赵春晖携着新结识的女友出去游山玩水，整整旷课七天！回校的第二天，他又接到香港蒋叔叔的来信，这回他蒋叔叔给他汇来了五千元。蒋叔叔在信上说：为了儿子鑫儿的病，他不得不先放弃去东欧的打算，转道去美国就医。

五千元！对赵春晖来说可是个天文数字。从此，枯燥乏味的书本再也引不起他的丁点儿兴趣。在高级饭店里，他目中无人地点菜；在教室里，他计划着怎样戏弄那些曾经小看他的人；在舞厅里，他潇洒地滑着三步四步；在宿舍里，不到子夜时分再也难见他的踪影。

就这样，日子一天天在赵春晖身边滑过去了，到了期终考试，除体育得了个B外，他的其他科目都是C。教授们对他成绩如此直线下降感到很诧异。

老教授把赵春晖叫到自己家里，和他促膝谈心。赵春晖的心开始有所收敛了，渐渐认认真真地听课，也没有再到外面开"小灶"。

一天早饭时，小钱拍着赵春晖的肩膀说："老弟，现在的蟹黄包味道美极了，我们去吃一顿吧！"赵春晖眉宇间皱了皱："我不能去，饭后班里还要搞学雷锋活动。""走吧，我做东好了！""不行啊，下午系主任还要作形势报告哩。"小钱撇了撇嘴说："嗨呀，这种报告听不听都无所谓的呀！对了，传达室让我告诉你，香港又来信了，让你去取。"

"我叔叔又来信了？"赵春晖从传达室签收了那封厚厚的海外来信，打开一看，信上这样写着：

孩子你好：

　　给你的钱大概所剩无几了吧？务必注意身体。你父母去世得早，对于你的事，你的一切，我理应责无旁贷地承担起来。不要感到过意不去，你的父亲，即我的大哥，对我有天高地厚的恩情，更何况我们中国有句老话：受人点滴之恩，理应涌泉相报。

　　我已老了，身体感觉不比以前。鑫儿患的又是先天性心脏病，动过三次大手术，这次去美国，医生们还是摇头，看

来是不可能出现医学奇迹了,我唯一的儿子已经没有什么
希望了,我一生苦心经营的事业财产就要付之东流。

万能的主使你出现,使我这垂暮之年的人感到无比庆
幸,大哥的孩子就是我的孩子,我把希望都寄托在你身上!
孩子,等我了结这笔生意,大概半年的时间,我亲自接你到
这边定居。你同意也好,不同意也罢,到这儿来是你的责
任。相信上帝吧,孩子!到这里,你的前途会更加光明,更
加无量。听说到海外留学、定居是好多大陆学生梦寐以求
的,我提前告诉你,让你有个思想准备。

听说国内好多人对美元很感兴趣,现给你寄去一千元。

再见。愿上帝赐福于你。

你最亲密的叔父

这一千美元,不!确切地说,是这封充满诱惑力的信,使赵
春晖简直忘乎所以了。他高叫着在校园里狂奔,他真想立刻让
所有的人都知道他是这天底下最最幸运的人!从此,他那颗刚
刚收起的心又放了开去,他又开始了以往放荡形骸的生活,并且
越滑越深。老师多次找他谈话,但他此时此刻根本就听不进去,
反而嘲讽老师寒酸穷相。最后当校方宣布开除他时,竟没有寻
到他半点人影。

赵春晖被撵出大学校门,可这并没有牵动他一根忏悔的神
经,他的整个身心已经完完全全飘到了海外,他只觉得那灯红酒
绿的生活似乎已经在向他招手。为消磨这段等待叔父来接他的
时光,赵春晖天天和他的那些哥儿们、姐儿们混在一起,打牌、斗
殴、争风吃醋。

彻底堕落的赵春晖,终于在一个大雪纷飞的下午被派出所
民警"请"进了拘留所。在拘留所里,他还不悔改,不时地用"天
将降大任于斯人也,必先苦其心志"来聊以自慰。

星期天,小钱来探望赵春晖,还给他捎来一封信,信封上照样是工整的小楷。赵春晖忙不迭地拆开,可是一看,眼里那一抹惊喜即刻被无限的迷惑挤跑了,信纸无力地从手上滑了下来。他愣愣地坐在那,样子十分怕人。

小钱觉得很纳闷,走过来担心地握着他的手问:"你怎么了?"

"不,故事还应继续,不能就这样结束,她给我的落差太大了。"

小钱不知发生了什么事,俯身拾起信。

信上这样写道:

久违了,赵君。

去年收到你那封信,本应大度地付之一笑,而我却没有那份洒脱。我发现我是个心胸狭窄,鼠肚鸡肠的小人,不是高尚的君子,做不到无动于衷。你大概还殷切盼望你那位可敬、可爱的"蒋叔叔"吧?你如此聪明,还用我告诉你"子虚叔叔"是谁吗?顺便说一句,那些钱都是我自己吃辛吃苦挣来的。对了,在县政府对外招商的贸易座谈会上,我结识了一个香港朋友,她十分同情我的处境,我的信都是经过她的手从香港寄发的。

赵君,你送给我个起点,我赠给你个终点。这个庸俗的故事,其实是由我们共同来完成的。

李俊俊

(张文银)

一箭四雕

丁大投天生一个大脑袋,而且特别灵,待人处事,他那大脑袋瓜转得比陀螺还快。

这天,他收到儿子从日本寄来的十万日元,今天他来到一家专门办理外币业务的储蓄所,把十万日元存了进去。哪知为他办理业务的一位银行小姐,接进的是日元,可她输入电脑的信号却打成了美元,结果,一张十万美元的存单到了丁大投的手中。这一字之差,可吓人啦!十万日元当时只等于八千多元人民币,可十万美元就相当近百万元人民币啊!丁大投接过存单,他那陀螺似的脑袋瓜又飞转了起来。

他想:这张银行开错了币种的存单,他们晚上一轧账,发现差错,就会追到我家,我把存单还他们,叫他们写封表扬信,以显示我丁某人的素质。当然啦,时代不同了,如今是改革开放,推崇市场经济,学雷锋也要讲究经济效益,我把存单还给银行,向他们提出意思意思,付点小费,他们也会接受的。这不是一箭双雕、名利双收吗?于是,他喜滋滋地回到家里,吃了晚饭,打开电视机,边看电视边等银行同志找上门来。

谁知一直等到电视节目全部结束,也不见银行同志登门。丁大投的大脑瓜又转开了。他想:你们不来找我,我来找你们,如果你们真的没发现存单开错,我把钱取走,你们银行少了钱总该着急了吧?到那时,我讨价还价的底盘就可以加大了。

于是第二天,他拿了存单来到银行,把存单递给银行小姐时,双眼注视着她的表情。那位小姐接过存单,见是昨天才存进来的,只是脸上微微露出点不快的神色,朝丁大投望一眼,便把他的存单往电脑微机里一塞,微机荧屏上立即显示存单有十万美元的信号。她大印一盖,把十万美元付了出来。丁大投万万没想到这么顺利就取到了十万美元,不由得心头狂跳起来。

他怀揣十万美元,匆匆走出外币储蓄所。为了安全起见,他把十万美元存进工商银行新成储蓄所。心想:这一来既能得到表扬信,又能得到劳务费,还可以拿利息,可谓一箭三雕呀!

丁大投兴冲冲出了新成储蓄所,迎面碰上他的表弟王柏仁。

王柏仁在无锡乡下承包了一家电子元件厂,已有一年多没见丁大投面了。今天两人邂逅,分外亲热。王柏仁当即拦下一辆的士,把丁大投拉进车里,说:"老阿哥,难得见面。今天我请客,到钻石楼吃茶去!"说罢手一挥,轿车飞驰而去。

再说那家外币储蓄所,昨天因办完丁大投那笔业务后,电脑发生故障,到今天早上才修好。中午轧账时,才发现这笔巨额币种串户的特大差错,两位经办小姐吓得呆若木鸡。储蓄所的负责人秦又俭也急得脚膀弯"弹琵琶"。这么大的差错,在全国金融系统也闻所未闻,秦又俭立即向各级领导作了汇报,并向支行行长建议,让他立即去追回这笔错款。

秦又俭是业务上的尖子,他已经把丁大投参储时填写的凭证找了出来,而且为防止丁大投要赖,还想了一个个对策,得到了行长的赞同。

秦又俭找到丁大投的家,哪知他家铁将军把门。他走到弄堂口,向管公用电话的老妈妈打听丁家的情况。老妈妈告诉他,丁大投夫妻俩晚上六点以后一定回家。

到了晚上六点,秦又俭第二次来到丁家,来开门的是丁大投的妻子张素兰。没等秦又俭开口,张素兰就说:"你是不是为了银行那十万美元的事来的?"

"对对对!"

"你别急,我也在银行工作。刚才,我丈夫给我打来电话,他说今天早上他去你们所取钱时,谁知错把十万日元当十万美元给他了。他临上火车时发现了,来不及归还。他估计你们会来的,所以打电话告诉我,请你们别急,等他出差回来,一定如数还你们!"

听了这番话,秦又俭暗暗说:天底下毕竟是好人多哟!便说:"那真该好好谢谢你家丁先生。请问丁先生去哪儿出差?他没空来,我们去找他好了。"

张素兰犹豫了一下,说:"这不妥当吧?我爱人在单位里是学雷锋的标兵,他特地打长途电话来告诉我,请你们放心,他会如数归还的,你们还急什么呢?你赶到他的出差地点去追讨错款,给周围人会造成误会,这有损我爱人的形象……"

秦又俭见她"关门落栓",只好知趣地退了出来。不过他想想不放心,就去派出所打听到丁大投的工作单位,又去单位打听丁大投的出差地点。可是单位说,丁大投打来电话,说他家有事,要请几天假,具体去什么地方,他们也不知道。

打听不到丁大投的落脚点,秦又俭只好每天下班到丁家"报到"。他天天来，张素兰感到厌烦了，对他说："你不用来了，等他回家，我会叫他去你们银行的。"

秦又俭尴尬地离开了丁家，心里直犯嘀咕，隐隐感到丁大投是在故意和他捉迷藏！他找到管公用电话的老妈妈，交代了几句话，便回到储蓄所静候消息。

再说丁大投的表弟王柏仁，他拉丁大投到钻石楼吃早茶也是醉翁之意不在酒。原来王柏仁承包的一家乡镇小厂眼下债台高筑，濒临倒闭。上星期，他在上海一家科技咨询站打听到一项新发明，有位专家设计能探测人体癌细胞分布情况的魔椅获得了专利。王柏仁觉得目前社会上谈癌色变，如果将这种魔椅推向社会，肯定能发大财，他决定接下生产此魔椅的任务，并已把生产图纸买了回来。可是，当他向当地银行申请贷款时，由于他前账未清，银行不愿再贷款。王柏仁为短缺十万元投产资金急得团团转时，却意外地在新成储蓄所门前遇到了手持十万美元存单的丁大投。他顿时眉头一皱，计上心来，于是把丁大投请到钻石楼，三杯热茶下肚，他便巧舌如簧地向丁大投介绍起魔椅的性能、作用及投入生产后的经济效益，听得丁大投入了迷。王柏仁望着丁大投那专注的样子，深深叹了口气说："目前我是万事俱备独缺东风，所以特地找你老阿哥商量，能不能借我十万人民币？"

丁大投马上警觉起来："十万？我哪来这么多钱？"

"你刚才不是在新成储蓄所里存了十万美元吗？只要你借我十分之一，解了我的燃眉之急，我绝不会亏待你老阿哥的。利息嘛，随你说。"

"嗨，你说这存单啊？"丁大投朝四下扫视了一周，压低声音把存单的来龙去脉和自己一箭三雕的想法全告诉了王柏仁。

王柏仁把头凑近，小声说道："你将这存单转借给我，我用它抵押给信用社，贷款十万人民币用作生产魔椅的资金。魔椅生产周期短,只需两个月就能上市,销售后的钱赎回存单。到那时我给你两万酬金,而你呢,只要与那家外币储蓄所打打太极拳,拖两个月再还他们,你利用这个时间差,就稳笃笃赚两万元,你说是不是一箭四雕?"

丁大投听到酬金两万,心动了一下。但他对这位表弟王柏仁两个月后能不能如期归心中没底,他想:万一脱期,被银行发觉,向法院起诉,自己吃不了就得"兜"着走了! 于是,他摇摇头说:"不行,不行!"

"有什么不行? 你还信不过我? 这样吧,你跟我到无锡去一趟,实地去看看好不好。"说完,起身拉了丁大投,拦下一辆出租车,直奔无锡而去。

丁大投到了无锡,看到了王柏仁的工厂和各地大批预订魔椅的订货单后,他相信魔椅确实有利可图,这才掏出了那张十万美元的存单,而且和王柏仁签署了一份两万元的酬金协议。

接下来,王柏仁一方面派人陪同丁大投游览无锡名胜,一方面他拿了存单去公证处。经过核实,很快公证书出来了,王柏仁拿到公证书,立刻赶到信用社申请抵押贷款,并很快得到批准。贷款到手,他马上组织供应科人员进料、投产。见王柏仁厂里的机器转动了,丁大投也玩够了,这才放心地回上海。

这样一转,就是半个月,丁大投回到上海,一进家门,就先烧洗澡水,他点旺了煤气,就给厂里和爱人打了电话,他刚放下电话听筒,就听到有人"笃笃"敲门。丁大投开门一看,是个三十来岁的年轻人,那人开口就自我介绍说:"丁先生,我是银行里的秦又俭,我已等了你半个月了,就为了我们那笔错款……"

丁大投刚才和厂里通电话,知道秦又俭到他厂里去过了,为了保证一箭四雕那个"时间差",与银行拖时间,他决定先发制人。于是,他突然面孔一板,责问道:"你们这批人究竟是穿衣的架子,还是盛饭的木桶? 这差错是你们银行工作上的疏忽引起的,为什么你们'城门着火'，还要'殃及池鱼'，连累我们参加储蓄的客户呢?"

秦又俭被他一顿埋怨，弄得丈二和尚摸不着头脑。他想了半天才问道:"丁先生，你此话怎讲?"

丁大投声色俱厉地说:"那天上午我来取钱，你们给我十万美元，当天晚上你们就来我家讨错款，我爱人就明确告诉你，等我回来还你十万美元，可你们为什么第二天还要到我单位去放火，查问我的出差地点，弄得我单位上上下下都以为我骗走了银行巨款，携款潜逃，你们对我的名誉负责吗?"

"哦——"秦又俭这才明白丁大投所谓殃及池鱼的具体内容。他忙赔笑解释道，"丁先生，请你原谅，由于我们出了差错，急于想追回错款，是去过你厂，不过我们没有说过一句有损你丁先生形象的话。假如因此而对你产生了不良影响的话，等丁先生还我们错款以后，我保证给你厂送去大红表扬信，贴在你们厂的大门口，让过往群众都知道丁先生是位见巨款不动心、拾金不昧的高尚之人。"

可丁大投却还是板着脸，说:"你们损害了我的名誉，现在是讲法制的年代，损害别人名誉，这是侵犯人权的行为，所以，要我还款可以，但我先要依法追究你们侵犯我名誉的行为，并依法索取名誉损失赔偿费。"

秦又俭见他节外生枝，心中暗暗叫苦。为了避免弄僵，秦又俭只好依然赔着笑脸说:"丁先生，由于我们工作上的过失，给你带来了麻烦，要我们略作赔偿也在情理之中。请问丁先生要我们赔多少呢?"

丁大投略作思忖，伸出一个手指头。

秦又俭问:"一百元?"

丁大投摇摇头。

"一千元?"

丁大投还是摇摇头。

秦又俭说:"难道你要一万?"

丁大投露出一副轻松的样子说:"我只要你们错款总额的百分之十。"

"啊?一万美元?丁先生,你在开玩笑吗?你是你们单位里学雷锋的标兵,我们两位小姐工作上一时疏忽,你要这么大的赔偿,别说她们赔不起,即使我们银行,也没法付清这么一笔款子啊!"

"秦先生,我保证我个人一分不要,这笔款子我把它捐献给慈善事业、希望工程,这不也是在学雷锋吗?另外,你们银行出这笔钱有一定困难,正因为困难,才能加深你们印象,这也是为你们好。如果你真感到有困难,可以先回去向领导请示一下,我开了价,你们也可以还价嘛——"

秦又俭气得脸都变了色,不由语气生硬地说:"丁先生,我们工作上是有差错,但是当别人利用我们差错想敲诈时,我们也会寻找法律保护的。这十万美元,毕竟不是你的,也不是我的,是国家的!"

丁大投见秦又俭想用法律来威胁自己,也决定来个硬碰硬。他掏出一张写有十万美元存单的影印件,往桌上一扔,说:"你看看,存单在我取钱时被你们取去了,这是影印件,这上面有你们储蓄所公章、经办人的私章,存单是银行的信用凭证,我凭这信用凭证取款,何罪之有?现在不是提倡与国际接轨吗?在外国,银行为了维护自己信誉,开错存单,银行自己负责,客户根据存单上数字取款,这是天经地义的。朋友,你要上法院,我等你,什么时候传票传到,我准时准点到庭!对不起。我要洗澡了,你请便吧!"

秦又俭面对这样一个软硬不吃的无赖,他气得说不出一句话来,只好怏怏而去。

丁大投把秦又俭送到门口,嘴角漾起胜利者的微笑,说:"不着急,你可以与你们领导商量定个价,也可以上法院处理,我等着。随你用什么方法,我都欢迎。"说着,"砰"地一声将门关上了。

秦又俭走出丁家,好像生了场大病,两条腿都几乎挪不动步了。他拖着沉重的脚步,边走边想,丁大投不像那些凭蛮力耍无赖的小流氓,他对银行情况很熟悉,对社会动态也很了解。料定他也会知道,我们的法律是绝不允许这笔错款落入私人腰包的。那他这么做的目的是什么呢?猛地他想起丁大投在狮子大开口之后,前后两次提到叫我向领导汇报,并声明他开的价,我们可以还价,这说明他也意识到他是拿不到这笔额外的钱的。他明明知道自己拿不到,又为什么再狮子大开口呢?这说明他提出赔偿是个假象,他真正的目的在与我们周旋、纠缠、拖延时间。他为什么要这样做呢?秦又俭联想起最近报上的报道,有些人用公款去炒股票的事,他猜想丁大投这个"人精",会不会也拿了银行错给他的款子移作他用?这么一想,秦又俭决定再去试他一试。

秦又俭毅然转身,快步来到丁家门口,再次"笃笃笃"敲响丁大投家的门。

正在脱衣的丁大投听到有人敲门,忙重新穿好衣服,拉开门,见是秦又俭,不高兴地说:"你这个人真是婆婆妈妈,有什么事明天不能讲吗?"

"对不起,我一出你家大门,被风一吹,头脑就清醒了。我觉得这官司不能打。一打官司,弄得满城风雨,对我们银行的信誉有损害。因此我决定,我们储蓄所十个人,每人每月平均工资六百元,我们白干一年半,省下这十万元人民币赔偿你,请你把十万美元归还我们,让我们了结这笔差错吧!"说完,他低下头,一副心情沉重的样子,但眼角却在瞄着丁大投脸上的表情。

丁大投万万没料到秦又俭会来这么个回马枪,杀得他脑袋瓜上不由冒出颗颗汗珠。他想:人家满足了你的赔偿要求,你应该把错款归还人家了。可是,自己拿什么去还呢?他一时无言对答。

一见此景,秦又俭吃准了钱不在丁大投身边!为了找到钱在什么地方,秦又俭学着丁大投刚才教训他的神情说:"丁先生,我提醒你,我们都生活在这块土地上,没有一条法律是保护冒领者无罪的。我们工作上有差错,应该受批评,甚至负渎职的刑事责任,但是,利用我们工作上的差错进行敲诈,或者把我们的错款移作他用,这就构成了挪用公款的罪名。丁先生,请你在三天之内把这十万美元送回我们储蓄所,我们还是非常感激你的,也愿意付些酬金。但如果三天后还不归还,我们只得向法院起诉,请求司法机关来查明这笔款子的去路。如果被移作他用,我们要告你三大罪状:一冒领,二敲诈,三挪用。这笔款子是七位数的巨款,你想想,即使不吃花生米,你也得把牢底坐穿!"秦又俭扬起了头,望着呆若木鸡的丁大投,又丢了一句,"你的洗澡水快凉了,你好好去洗个澡吧。我们期限三天,三天以后见!"说完,就扬长而去。

秦又俭这个回马枪杀得丁大投乱了阵脚。丁大投知道:秦又俭告自己三大罪状,最关键的是"挪用"。眼下只有把十万美元"亮"给他们看,才能证实自己没有挪用。可现在钱在新城储蓄所,存单在信用社,拿不出来,挪用罪名便成立。而此罪名一成立,"冒领"和"敲诈"罪也推不掉。天哪,假如身背这三条大罪,我真要"吃花生米"啦!丁大投越想越怕,哪有心思再洗澡,急匆匆赶到电报局,给王柏仁挂长途电话。

王柏仁听完这番话,不但不急,反而暗暗高兴。他不但一口回绝丁大投的要求,还指责他忘恩负义,出尔反尔。

这一来,丁大投的大脑袋要炸了。限期只有三天啊!三天一过,亮不出这笔错款来,自己就成了砧板上的肉,任人斩啦!

丁大投回到家里,朝沙发上一躺,再也起不来了。

晚上,他妻子张素兰下班回家,见此情景,大吃一惊,忙问:"你怎么啦?"

丁大投不敢把真相告诉妻子,他知道假如妻子知道自己想一箭四雕的事,等于毁掉了他在她心目中最完美的形象,甚至还会提出与他离婚!在当前形势下,后院不能再起火啦。他知道张素兰最爱听他学雷锋的故事,就随口编道:"兰,上次我不是打电话告诉你,我去外币储蓄所取日元时,他们错给了我十万美元,当时我急着赶火车没在意,临上火车才发现这笔错款,我怕带巨款出差不安全,就把款子存进一家银行。今天回来,我想把钱取出来还人家,谁知存单弄丢了,你说急不急人?"

张素兰听了信以为真,她挨着丈夫坐下安慰道:"不用急,你明天可以去银行办挂失,只要存款没有被人家冒领,一般最多不超过十天,你就可以领到一张新存单,凭新存单你可以取款了。"

听妻子这么说,丁大投觉得这是一条十分理想的缓兵之计,顿觉心头一松,转身将张素兰抱在怀里亲热了一阵。

第二天,丁大投没去办理挂失手续,他要用足三天期限,直到最后一天的下午四点钟,才到新成储蓄所。

接待他的是位女青年,但当她按丁大投向他提供的开户日期,翻遍所有的底卡,就是找不到户名丁大投、金额十万美元的那一张。女青年急了起来,连忙向负责人小林汇报。

小林打开抽屉,问:"是不是这一张?"

"对对对,就是这一张。这张底卡怎么在你抽屉里?"

小林说:"你把他领到我办公室来,此事由我来办。"

女青年把丁大投带进了办公室。丁大投刚坐下,就进来两名经济警察,往丁大投身后一站。丁大投不由一怔:"你们要干什么?"

小林问："丁先生，你来办挂失？"

"嗯，我的存单遗失了。"

"你的存单没有遗失。"小林从抽屉里拿出一份公证书，一份他与王柏仁签名的两万酬金协议书的复印件。

这两份东西怎么会到小林手中呢？原来那天王柏仁拿了丁大投的存单去公证处要求公证，公证员问他："你怎么拿了丁大投的存单去作抵押？"王柏仁就拿出两万酬金的协议书，明确了他们之间的关系，所以当公证处发出公证书的同时，就通知新城储蓄所冻结丁大投的存款，并将有关复印件作为依据寄给了新城储蓄所。今天，丁大投在自己存单作抵押后又来申办挂失，这不是卖布不带尺——存心不良（量）吗？所以小林请来了经济警察。小林说："丁先生，你不要自作聪明，在存单上搞诈骗，我们见得多了。你说，你今天来办理挂失出于什么目的？"

丁大投做梦也没想到，储蓄所有复印件，他望望身后威武的经济警察，顿时不寒而栗。他站起身拍拍大脑壳，装模作样地说："不好意思，我怎么把存单抵押的事给忘了？既然存单没丢失，那就不用办挂失了。"他边说边朝门口退去。

"你别想溜，对于真正遗失存单的储户，我们乐意为他们提供服务，可是你们这些人，利用我们正常的挂失手续搞诈骗……"

"我没有诈骗啊！"

"你们这种人我们见得多了。今天，你必须讲清来办挂失的目的，否则我们送你去派出所。"

"天哪！"丁大投的大脑袋晕了，他感到此时无理可辩，又脱不了身，只得改变态度，求道，"同志，既然我有不良企图，现在我不办挂失了，你们应该鼓励知错就改的同志嘛！"

"嘿！"小林一声冷笑，"丁先生，如果小偷到你家偷东西被你抓住，他向你表白不偷了，能不能证明他没来偷过呢？你今天来办挂失,就要承担这个责任,你不讲,我们去派出所里谈……"说完,小林和两位经济警察带了丁大投来到了派出所。丁大投抬头一看,苍白的脸上又加了一层灰,因为所长的身边正坐着他的冤家秦又俭。

原来,秦又俭发现丁大投是个无赖后,就向派出所报了案。今天是期限的最后一天,他迟迟不见丁大投来,于是就来到派出所。他正与所长商量怎样追回错款,没想丁大投被银行送了来!

只见小林来到所长面前,指指丁大投,把前后情况一说,要求所长好好给丁大投上上课。

秦又俭一听,忙问:"他开户日期是哪一天?"小林刚说出"十二月十日",秦又俭跳起来叫道:"这不就是我们那笔错款吗?"

丁大投立时瘫倒在地。不过他人瘫了,脑袋瓜依然在转动:本来他们告我三大罪状,现在又要增加一条诈骗罪。天哪!我想一箭四雕捞一票,却捞来了四大罪状……

（黄宣林）

一笔抚恤金

　　小李庄有个青年叫李道永，今年二十五岁了，哥嫂在地区工作，他和老父亲在家种田。小伙子到了成婚年龄，可媒说了好几个，都吹了。这次好心人给他介绍了一个姑娘，是大姜庄的姜小霞。

　　相亲这天，姜小霞问李道永："现在政策变了，你家咋还这么穷？"李道永说："就我们父子两个，又不会手艺，光指望这四亩地，咋发？"姜小霞想了想，说："哪个姑娘想跳穷坑？你不是有个哥哥在地区工作吗？去找他借两千元钱，用它作本钱！你我都是高中生，得想法子富起来，富了才光荣！养蚯蚓、养紫貂、买手扶跑运输、种药材，致富门路多着哪。你没听收音机上说，有个万元户，靠养鳖发了财呢！"

　　姜小霞这么一说,把李道永说得心里热乎乎的。第二天,李道永立刻催他爹李老汉去地区找他哥李道平借钱。

　　自从爹走后,李道永就盼着爹快些回来,谁知爹走了十来天还不回来。李道永急得上街给哥哥挂了个长途电话。哥哥电话里说,十一月五日爹就回来了;还说两千元数目太大,自己一时凑不够,让爹先回,下个月凑够了就送回来。

　　李道永放下电话,心里既踏实又焦急。踏实的是两千元钱下个月哥哥就送回来,急的是爹咋不回来?

　　李道永急急忙忙从邮电局出来,见前面围了一大群人在看什么,他好奇地凑近一看,说声"不好",撒腿就往车站跑。

　　原来,这是地区汽车运输公司张贴的一张启事。大意是说:数天前一辆从地区开往县里的班车,半路失火,烧伤十余人,烧死五人。希望有关家属前来认领尸体,并发给抚恤金若干。

　　李道永算算,正是爹回来坐的那趟车!怪不得十来天不见爹人影!李道永急急忙忙乘车赶到地区,先找到哥哥,把情况一说,他哥哥也大吃一惊,兄弟俩急急忙忙朝运输公司跑去。

　　烧死的五个尸体领走四个,剩下的一个烧成了个黑焦疙瘩,脸部全变了形,根本没法认。因为爹回来的车票是李道永哥哥买的,哥哥还一直把爹送到车上,所以,运输公司根据李道永说的情况,又查了警方当时的勘查记录,该尸是在车后部发现的,当下,公司领导对兄弟俩说了许多赔情道歉的话,并按规定发给他们三千元抚恤金。

　　兄弟俩把父亲烧得黑焦的尸体送到火葬场,经过火化,把骨灰装到骨灰盒里,然后便由李道永抱着爹的骨灰盒和三千元钱回家了。

　　李道永回到家里,心里又苦又甜。苦的是爹爹死得突然,父子俩连句永别的话也没说;甜的是人谁能长生不老?总是要死的,爹这样死,倒比死在家里强哩。这三千元抚恤金,拿出一千多办婚事,还有一千多,正好搞副业。李道永这么一想,也就不难受啦,就去大姜庄找姜小霞商量婚期和搞副业的事去了。

两个人商量了半天,算了又算,考虑了又考虑,决定买台小手扶拖拉机,农忙打场犁地,农闲跟供销社订上合同拉货。至于结婚用款,去银行贷上千儿八百,以后,手扶轮子一转,还愁没钱还?

手扶拖拉机买来了,花了两千九百五十元,又用五十元买了些柴油、机油。就这么着,三千元抚恤金一下便花完了。

看看那崭新的手扶拖拉机,想着不久姜小霞过门后的小夫妻甜蜜生活,李道永常常禁不住笑出声来。他暗自庆幸:爹死得真是时候!

可就在这天夜里,李道永忽然被敲门声惊醒,一听声音,吓得毛骨悚然。原来,叫门的竟是他爹!李道永吓得浑身筛糠,结结巴巴地说:"爹,您老走吧!到周年我好好祭奠祭奠您!"门外的声音说:"你说的什么话?走了二十天,你就不认我这个爹啦?""你,你不是死了吗?""差点死,可又没死。不信,你摸摸手。"李道永胆战心惊地摸了摸爹从窗棂里伸进来的手,热乎乎的,他这才放下心来,开了门。

爹一进门,把挎包刚往桌上一放,儿子就把情况一五一十地说开了。爹听完,说:"我还真是个大命人呢!你哥给我买的就是那趟车票。那天你要开什么重要会,我没让他送,就一个人去车站等车,谁知在候车室碰到你二姨夫,他种蘑菇、木耳发了财,年收入上万元哩。我把你要办喜事又要搞副业的事说了,你姨夫让我到他家去,说他借钱给我。我想:这样也好,一去借钱,二去学学咋培育木耳、蘑菇什么的,回来咱不也能发财吗?恰巧有个比我还大几岁的老汉要回县里,没有买着车票,正发愁哩,我就把票让给了他。"爹说着,从挎包里掏出一个纸包,一层层拆开,露出李道永姨夫借给他的一叠子扎得整整齐齐的人民币。

李道永说："爹，你真命大，不但没死，国家还发给我三千元抚恤金哪！"说着，指指柜子上的骨灰盒，"爹，赶明儿一早，把这扔到粪坑沤粪去！"

他爹说："别扔别扔，买我票的那老头，咳！可怜哪！他死了，家里连一分钱的抚恤金也得不到，我活着，却得到了。道永呀，咱该替那死了的老人家想想啊，把骨灰盒转给他们家属去。"

李道永摇摇头："爹，布告贴过了，他家属不去认尸领钱，怨谁？"

爹想了想，说："明天，我去一趟地区汽车运输公司，向领导说明，咱把三千元钱退了，让他们再调查一下，找找那死了的老人家属。"

"什么！退钱？"李道永一下子从椅子上蹦了下来，"不行。三千元钱我已买手扶拖拉机了！你不去说，他们运输公司晓得个屁？"

"可咱也不能昧着良心要这三千元钱！"

父子俩争执了好大一会，谁也说服不了谁。天已半夜了，爹说："我也跑累了，不争了，睡吧，赶明儿，挂个电话叫你哥回来，问问他该不该交这钱。"说着，便上了床，一会就"呼呼"睡着了。

李道永却怎么也睡不着。三千元钱，能白白上交吗？哼，国家有的是钱，三千元好比牛身上拔根毛，可这三千元对自己来说真是太需要了！哎，明天爹要挂长途让哥哥回来，那，三千元……

李道永又想：我爹死于车祸，全村人谁不知谁不晓？就连地委机关，也知道我哥死了爹！爹又是夜里回来，不如……这时李道永心里只有那三千元钱，眼里只有那崭新的手扶拖拉机，脑子里想的只有那美丽温存的姜小霞，除此以外，他什么也不考虑了。他悄悄下了床，拿根绳子，一头绑在爹头前床腿上，再把绳子往爹脖子里一套，猛一使劲，爹只哼了一声，便不会动了。

李道永看爹这次是真死了，便手拿铁锹，背了死尸，悄悄出门，来到自家承包的地中间，挖个深坑，埋了。

李道永回到家，鸡叫二遍了。他把爹带回来的那两千元钱锁到抽屉里，把那黑挎包往正间墙钉上一挂，心安理得起来：姨夫日后来要账，鬼才欠他钱呢！谁认账！这事天知地知我知。哼，人不得外财不富嘛！

早上，李道永正在吃早饭，大门外自行车铃响，一看，是未婚妻姜小霞来了，李道永忙亲热地去给她打荷包蛋。

姜小霞吃着，眼光在屋子里看了一圈，说："永，咱爹呢？"李道永一听，心一沉，但很快又恢复了镇静："霞，你说啥笑话，骨灰盒放了二十多天啦！"

姜小霞放下碗："你说真话，见到爹没有？"李道永一本正经地说："除非见鬼。"

姜小霞脸色一下子变了，她指着墙上挂的那个黑挎包："你说谎！那不是咱爹的挎包？"李道永脸一下子变白了，但他还嘴硬："他的挎包就是咱的挎包嘛，成天就挂在那。"

姜小霞站起来，一字一顿地说："你爹从你姨夫那里借回两千元，又拿回一本培育木耳、蘑菇的书。"她说着，走到院里，从挂在自行车把上的小黑兜里拿出一本书，说："他昨天拐到俺家，说他二十多天不在家，挂念咱俩的亲事，拐来看看。他把那天原本要回来、后来碰到你姨夫后让了车票的事也说了，这本小册子，我要他留下我看看。他吃罢晚饭，挂念你，非走不可，于是我就把他送到村外。你快说，咱爹呢？"

李道永一听，"扑通"一声跪在小霞面前，哭起来："好小霞，这事天知地知，你知我知，为了这五千元钱，你别张扬吧！以后你过门了，我都听你的！好小霞，你……"李道永这一跪一哭一求，姜小霞全明白了。她恨恨地说："人心隔肚皮，虎心隔毛衣，想不到你是个要钱不要爹的人！心好狠哪！我算瞎了眼！"她猛地一扭身,向门外走去。

李道永一把拉住姜小霞,说:"你想干啥?""干啥?报案去!""报案?你考虑后果没有?你会人、财两空的,别那么死心眼了!"姜小霞说:"杀人犯!我姜小霞不能和你在一个锅里搅稀稠!"她挣脱了李道永的手,来到院里,去推那自行车。

李道永一把夺过自行车,把姜小霞往屋里拽。姜小霞急了,大喊:"快来人哪!逮杀人犯!快……"李道永一听,抬起地上一块砖就朝姜小霞劈头砸去,姜小霞第二声还没喊出口,便倒在地上。

李道永进屋打开抽屉,迅速地把那两千元钱拿出来塞进口袋,准备翻墙逃跑,他手刚扒着墙头,院外饭场里吃饭的人们听到喊声跑出来,拽着了他。大家赶快把姜小霞抬往大队医疗室抢救,又给公安局挂了电话。

人越聚越多,李道永在人们的层层包围中,再也抬不起头来了。

(张　康)

傻大姐卖人

铜陵县城郊有个外号叫"傻大姐"的人,她三十有余,长得还算俏嫩,可就是目不识丁。因为她怕下地干活,所以今年春上跑起了买卖。傻大姐做买卖可不像别人,她是连做带玩,哪里热闹朝哪里钻,到头来,依旧两手空空,连点买盐钱都没赚着。

时值梅季来临,按民间的风俗习惯,出梅那天,家家都买童子鸡吃。傻大姐经人提醒,在出梅前几天收购了四十多只童子鸡,出梅那天乘火车去南京贩卖。

谁知车厢里闷热,再加上傻大姐在收购时贪便宜,把瘟鸡也夹带进来,结果半途四十多只鸡死了一半,到了市场上又边卖边死。傻大姐舍不得扔死鸡,结果弄得连活鸡也无人敢要,到最后一算账,倒贴了几十块钱。

傻大姐见跑了一趟亏本买卖,心里气得直骂娘。她无精打采地走过菜市场,忽见前面凉棚下有个大约三岁左右的小男孩,正哭哭啼啼在找妈妈。傻大姐猛地收住了脚,两眼直勾勾地盯去。她想起上次在苏州做买卖时,曾有人托她买孩子。这不是天落横财搭了跳板让我翻本吗? 当下,傻大姐掏出水果糖,把那小男孩骗出了菜市场。

毕竟卖人不同于卖鸡,傻大姐真把小孩带进车站,心里到底也不踏实。她坐在候车室里左顾右盼,见旁边坐着个瘦长的中年妇女,就过去有一句、无一句地搭讪起来。

那中年妇女自称姓钱,也是个做买卖的,两个同行凑在一起,叽叽喳喳,不一会亲热得像一对亲姊妹。

唠着唠着,傻大姐拐着弯把心思说了出来:"钱大嫂,我这个小讨债鬼,天天又哭又闹,让我生气,我想把他送人。"

钱大嫂上上下下打量着对方,两片薄薄的大嘴唇一咧,说:"你呀……我们都是出外做生意的,眼睛比锥子还尖,别瞒了,这孩子十有八九是拐来的吧?"

傻大姐见老底被人揭穿,紧张地抱住孩子:"不,不……"

钱大嫂乐了:"别害怕,我也是个什么都做的小贩,你要是信得过我,我愿意帮忙。"

傻大姐见碰到知心朋友,这才老老实实地点了点头。

钱大嫂眼珠"骨碌碌"一转,亲热地拍拍傻大姐的肩膀,说:"做买卖得看行情,这孩子卖到苏州,顶多值五百元,我给你介绍个大买主,赚他一千元。"

傻大姐闻听,如同打了一针强心剂,乐得差点蹦起来:"当真? 他在哪儿?"

钱大嫂诡秘地笑笑:"你放心跟我走吧,决不会让你吃亏的。不过咱们丑话说在前头,事成之后,你得酬谢我三百元。"

　　傻大姐见无本生意还能白捞七百元,当下把眼睛笑没了,一个劲地催钱大嫂快动身。

　　不久,她们坐上客车,来到百余里外的秦阳县,下车后,又走了三四里路,就到了一个小村庄,钱大嫂熟门熟路地把傻大姐带进了一户农家。

　　一进堂屋,就见一个中年汉子光着上身在那里乘凉,他见钱大嫂带来一个怀抱孩子的漂亮女人,不禁"嘀嘀"地笑了起来,一边沏茶端糖,一边"咿哩哇啦"地打着手势。

　　小男孩来到这个陌生地方,又见聋哑人那怪模样,不由害怕得哭了起来。聋哑人忙从傻大姐手中夺过孩子,拿块糖果疼爱地塞进孩子嘴里,又在泪涔涔的小脸上亲了一下。

　　聋哑人如此喜爱小孩,把傻大姐也看呆了。

　　这时,钱大嫂在旁边轻声说道:"他是个老实人,四十二岁,还认得几个字,因为是个聋哑人,所以没讨到老婆,为了能找个儿子养老送终,他托过我好几回了,这事也真算是巧了。"

　　此刻,聋哑人才慢慢地打量起傻大姐,他用手指在桌上写了几个字,钱大嫂也赶紧写字回答他,两人比比划划,还不时朝傻大姐看看。

　　傻大姐被瞅得不好意思起来,就对钱大嫂说:"我不识字,烦你告诉他,快点付钱。"

　　钱大嫂赶紧对聋哑人写了几个字,聋哑人点点头,跑进里屋,不一会,拿出一千元。

　　钱大嫂转身对傻大姐说:"他要你写张证明,省得今后麻烦。"

　　这时候,傻大姐的魂已被一千元勾去,哪顾得上许多,说:"钱大嫂,我又不识字,你帮我写一张就是了。"

　　钱大嫂也不推让,提笔写了张证明,先让聋哑人看过,又给傻大姐念了一遍。

傻大姐一个劲地点头,伸出手指在油印盒上一沾,就朝证明上按了一个鲜红的手印。

聋哑人手捧证明,欢喜得"咿哩哇啦"直嚷,就连钱大嫂脸上也露出一丝如释重负的微笑。

这时,聋哑人又在桌上写了几个字。

钱大嫂忙对傻大姐说:"聋哑人中年得子,心里高兴,他要留我们吃晚饭,你看如何?"

这些天,傻大姐四处奔波,肚里早就没了油水,听到有人请她吃喝,真好比瞌睡给扔来个鸭绒枕头,一屁股坐在那里不肯挪窝了。

聋哑人在灶台上忙了半天,烧了一桌好菜,又拿出三瓶"古井特酿",三个人便围着桌子你一杯、我一杯地干了起来。

傻大姐今天做了一笔无本赚大钱的买卖,心里着实痛快,拿了酒瓶子,傻里傻气地来了个一对两,直喝得头发晕、眼发花,舌头硬得转不过弯,到后来终于身不由己,两只胳膊一趴,一头醉倒在桌上。

钱大嫂几杯白酒下肚,虽然也觉得身子轻飘飘的,可心里还清楚,她见傻大姐醉倒,要紧起身把她连扯带拉弄进里屋,又帮着脱去衣服,挨着那小男孩睡下。一切做完,钱大嫂才出来,对聋哑人打了几个手势,随后拎着自己的小提包告辞了。

聋哑人送走钱大嫂,简单地收拾了一下碗盏,就急急地走进里屋,他看着酣睡的母子俩,觉得有些尴尬,坐在那里抽了半天烟,终于忍不住脱衣上了床。

也不知过了多久,醉醺醺的傻大姐觉得有人死劲地搂住自己,她用力睁眼一看,"啊呀"一声,惊得酒也吓醒了,原来那个聋哑人正压在自己身上。傻大姐用力一翻身,将没防备的聋哑人撞到床下,自己拽上裤子,夺门而逃。

聋哑人见傻大姐半夜出逃,也顾不得多想,慌慌张张地追了出去。

傻大姐没命地跑上公路,见迎面驶来一辆卡车,赶紧朝路中央一站,大声喊起"救命"来。

汽车司机一刹车,见面前这个妇女衣冠不整,惊恐万状,便探头问道:"出什么事了?"

傻大姐跑得上气不接下气,她用手指着后面追来的人影喊道:"后面有、有流氓,快、快救救我。"

汽车司机一听这事,也顾不得多想,一把将傻大姐拉上车,油门一踩,汽车直向派出所驶去。

傻大姐一进派出所,就哭天抢地地嚷开了:"流氓强奸了我,你们要给我做主呀。"

派出所的张所长见一个操外地口音的妇女说这话,料定出了大事,忙掏出本子问:"你叫什么名字? 怎么会遇到流氓的?"

"这个……"傻大姐突然想起自己拐骗的小男孩,如果从头说起,这事要露底,傻大姐再傻,可拐卖儿童要吃官司她是知道的,所以"这个"了半天,没敢再朝下说。

这时,聋哑人抱着孩子也急匆匆跑进派出所,他一见张所长,又是指天,又是指地,嘴里"叽里哇啦"白沫四溅,活像吃了冤枉官司。

傻大姐一见流氓竟敢追到派出所来,吓得直朝张所长身后躲:"就是他,就是他强奸了我。"

张所长见情况有些异常,就把聋哑人带到隔壁。

不一会,张所长带着聋哑人回来了,他满脸严肃地问傻大姐:"你是哪里人,为什么要自卖自身呢?"

傻大姐这时真的傻了眼:"所长,我没卖自己啊,这一千元钱……"说到这里,她一摸口袋,人"腾"地跳了起来:"啊哟,一千元钱没了。"

张所长已经明白了,他扬了扬手中的纸条,说道:"这是你写的证明,你再听一遍:兹有寡妇许鲜红携其儿子,因生活困难,自愿以一千元卖给胡信,终生不反悔,此据!"

傻大姐这时才如梦初醒,自己中了钱大嫂的圈套,这个无本生意,弄到最后一千元一个子没见,还把自己赔了进去。一时间,她的傻劲上来了,又是捶胸又是顿足,鼻涕眼泪糊了一脸。

正闹着,几个农民抬着一个醉得半死的中年妇女来到了派出所。

傻大姐眼尖,一眼认出谁来,她哭着扑上去:"就是她,就是她骗了我。"说着,一五一十地将拐卖孩子的经过,从头至尾讲了一遍。

这时钱大嫂也慢慢地被闹醒了,她睁眼见面前站着头戴国徽的公安人员,再一看傻大姐和聋哑人正怒气冲冲地盯着自己,知道事情已败露,不由得浑身哆嗦,绝望地闭上了眼睛。

这是怎么回事呢?

原来钱大嫂真名叫王鹊彩,是个刑满释放的无业者,她在车站遇到傻大姐,见是个容易上钩的鱼儿,就想起了聋哑人曾托她买个老婆,便花言巧语将傻大姐骗到乡下,借着这两个人一个又聋又哑、一个头脑简单,于是就在他们中间做了手脚,把傻大姐带小孩一起卖了出去,自己又趁扶傻大姐进屋的机会,窃走了她刚装进袋里的一千元钱。谁知在半路上由于酒劲发作,她晕倒在地,被人发现抬进了派出所。

张所长经过一番调查,认定王鹊彩、傻大姐和聋哑人都不同程度地触犯了法律,于是便将他们移交检察院提起公诉。

不久,人贩子被人贩子贩卖的故事,就在当地传开了。

(沈志和)

绑架『老疙瘩』

　　清河市有一个老姑娘叫丁晚妹,她三十五岁结婚,四十岁"开怀",生产时,在产床上"哇哇"乱吼,硬挺了二十四个小时,临了,还得从肚子上豁个口子,像"肚剥羔"似的,从腹中剥切出一个七斤多重的肉疙瘩来。

　　老姑娘中年得子,视儿子若宝贝疙瘩,于是儿子小名索性就叫"老疙瘩"。这老疙瘩虽说是晚结的果子,可也生得机灵、活泼,挺逗人爱的。丁晚妹母女俩把老疙瘩简直当成了眼珠珠、心尖尖、肺嘴嘴、命根根!那可是一日不见想得慌,一会儿不见闷得慌。如今,老疙瘩都两周岁了,还是抱在手中怕摔了,含在口里怕化了,就连搁在幼儿园里也不放心,只好让姥姥看着、守着。

　　姥姥七十老几了,老眼昏花,腿脚又不利索,整天拉拽着这么一个活蹦乱跳、猴儿似的外孙子,真够吃累的。于是姥姥想了个法:在老疙瘩背上围嘴的系带上拴个铜铃铛,老疙瘩跑到哪铜铃铛响到哪,"叮当叮当"的响声儿能给姥姥报信儿,证明老疙瘩没有跑远,姥姥也就能放心地干家务活了。

冬去春来,离大年三十只剩六七天了。这一天,是丁晚妹的发薪日,她下班后兴致勃勃地回来,腿没迈进门,嘴就喊上了:"老疙瘩,老疙瘩!瞧妈妈给宝贝儿买回啥好玩意儿啦!"

可是跨进院门,她不由一怔。往日,只要她这么一喊,准会听见那撩人心弦的铜铃铛声儿,伴着老疙瘩欢蹦乱跳地迎她跑来,今儿咋不见人影?

她急忙去见母亲,火烧火燎地问:"妈,老疙瘩咋没影儿啦?"

姥姥扭脸瞅瞅女儿慌里慌张的样儿,责怪说:"瞧你这孩子,风风火火的,没听见'叮叮当当'的声音?不是在屋里,就是在院里耍。那两条小腿呀,欢实着哩!"

没等姥姥把话说完,丁晚妹早返出院子。一会儿就听传来一声揪心揪肺的哭喊:"妈呀!天哪!我的命根儿啊……"

姥姥吓一跳,手里端着的一碗刚刚炖好的鸡蛋糕,"咣当"一声掉在地上,老太太啥也不顾了,跌跌撞撞地奔到院里。

只见闺女瘫在地上,一只手扬着一张纸条,另一只手拍着大腿,乞死乞活地号啕大哭;一条哈巴狗叼着一只玩具狮子狗在嬉戏玩耍,狗的脖颈下,系着一只铜铃铛,不时地发出"叮当叮当"的响声儿。

姥姥见此情景,嗓根眼"嗷"一声没喊出口,便一下瘫软在地,昏了过去。丁晚妹见娘昏死过去,更是急火攻心,脑子"嗡"地一下,也不省人事了。

且说老太太隔壁院儿有个邻居叫赖二宝,这小子正在自家院子里喂鸽子,忽听得隔壁院里狂呼乱叫,他扒墙头伸头一瞄:"呀,糟!"他忙撂下手里的鸽子,"蹭蹭"两下翻过墙头,急忙救人。

他先把昏死过去的母女俩窝屈过来,背进屋里,而后又跑出来收拾院里的东西。当他拣起那张纸条一看,"啊?"顿时惊得目瞪口呆。纸条上这样写着:

> 丁晚妹:
> 　　老疙瘩被我请走。你必须于×月×日×时,将五万元放在寄坟台柏树丛内一块卧牛石下,以此来赎你的宝贝儿子。不准声张。否则,老疙瘩就会变成死疙瘩!

这些字,全是用七大八小的报纸铅字拼凑成的。看来,这是一起绑票诈钱案无疑。

你别看赖二宝人称"赖二",平日爱干些偷鸡摸狗、套人家鸽子吃的勾当,可是遇上此等大事,他反倒有股子热乎乎的"赖"劲。他把丁晚妹母女俩安顿好,把屋门、街门掩住,掖好那张纸条,飞快地去派出所报案。

派出所警察看了纸条,感到这件案子非同小可,又火速密报公安局刑警队。

刑警队长老姜考虑到老疙瘩和丁家母女的人身安全,决定不事声张,他亲自化装成医生,悄悄来到丁家,以为丁家母女看病作幌子,跟娘俩商量对策。

不料,丁晚妹跟她娘死活不让警察插手,宁可扔那五万元巨款,也绝对不能伤老疙瘩一根汗毛!

可巧,老疙瘩的爸爸黄善愚昨天又刚刚出了差,他成天东跑西颠的,说不准去了哪,这可难住了老姜和其他公安人员。最后,为了确保孩子的绝对安全,他们还是答应了丁氏母女的请求,保证一定妥善处理这桩棘手的案子。

寄坟台是清河市过去的一处公墓地,近几年由于实行火化,除了少数几座凹凸不平的老坟外,全是一些新埋的"骨灰坟"。因此,坟堆都不太大,光显一根根兀立的墓碑,黑夜望去,显得阴森吓人。

丁晚妹救子心切,全然顾不了个人安危。当夜,她孤身一人胸口"咚咚"跳地来到寄坟台,她把沉甸甸的钱包藏在怀里,紧紧捂着,深一脚、浅一脚地走着,不时四处张望。偶尔听见夜鸟的一声怪叫,或碰上突然逃窜出来的小动物,她都会吓得头发根根竖起。但是豁出命来,也就闯过来了,她愣硬着头皮,壮着胆子,钻进柏树丛,接近那块"卧牛石"。

突然,"嗖"一条黑影从卧牛石后蹿出,一个"饿虎扑食"朝她猛扑过来。她吓得"啊"字没喊出口,一只大手就把她的嘴捂个严严实实,一条胳膊锁住咽喉。正在万分危急时刻,说时迟、那时快,"嗖嗖嗖"从树上又跳下几条壮汉,将黑影扑倒在地,反剪双膊,立时几条手电光柱把黑影罩住。原来,这黑影并非别人,正是报案人赖二!

这工夫,丁晚妹跨上一步,揪住赖二,恨不得咬他几口:"好你个赖二啊!鬼闹半天,原来是你小子干的损事!你……你快把俺老疙瘩交出来……交出来啊!"丁晚妹"唔唔"痛哭起来,死死撕扯着赖二不放。

再瞧赖二,双手被反铐,痛得他龇牙咧嘴,滚了一脸土,啃了一嘴泥,干瞪着眼珠子,只会"我、我、我……"结结巴巴地支吾着。

初审结果,令人气恼,赖二一口咬定他是来抓坏蛋的,审讯只好暂停。

正当丁氏母女悲愤焦急、坐卧不安之际,那只哈巴狗不知啥时候蜷缩在门道里,被捅死了,背上插着一把瓜果刀,刀锋上串着一张纸条:

丁晚妹：

　　限2月13日凌晨1时,将钱如数严密包裹,送入长清河老龙口水中。再耍花招,老疙瘩与狗同样后果!

　　丁晚妹看罢纸条,大惊失色,慌忙跑进屋与母亲商量对策。这次,老母亲说啥也不许她再去冒那份凶险了。看来,歹徒不只是赖二一个,没准是一伙既残忍又狡猾的家伙,万一再要是有个闪失,那可真是鸡飞蛋打、人财两空了,闹不好,连闺女也得搭上,后果更不堪设想! 最后,还是老母亲说服了闺女,偷偷地把此事告诉了老姜他们,请公安部门想个万全之策。

　　限定日期眨眼就到。这一天午夜,黑黝黝的长清河畔万籁俱寂,只听得清河水发出"哗啦哗啦"的响声,河面上闪烁着晶莹的光斑,如同有千万只怪兽在眨眼,令人不寒而栗,毛骨悚然。

　　工夫不大,从护河林中走出一个中年女子。只见她左顾右盼,探身投足,朝老龙口的方向小心摸来。她正在犹豫不决该不该把手中这包5万元巨款投入水中时,忽见河中间有一条小船,中年女子再也没有犹豫,她瞄了瞄四周,又望了望小船,将钱包高高举过头顶,朝小船摇晃了几下,而后,就"扑通"一声抛入了水中。

　　转眼间,就见那钱包没入水下,激起几层水圈,不见了。她心中一怔,正心神不定的时候,又见那小船缓缓向这边漂来,她恨不得一下子飞过去,几分钟时间,就像几小时那么长。好不容易等到小船靠了岸,那女人没顾得说话,跳上船,见老疙瘩果然在船舱里窝着,赶忙将孩子抱起,跳下船,急速返身,没入林中。

　　约摸十分钟过去,在河对岸的水面上,钻出一个人来,借着河水的微弱反光,中年女人看到他爬上岸,抖了抖身上的水,从草丛中摸出一包衣物。不一会,这个换了装的"水鬼"成了一个西装革履、鼻架金丝镜、手拎防盗提包的阔商。阔商走上河滨公路,碰巧一辆卡车从他身后驶来,阔商迅速闪到路边,见是一辆蒙着苫布赶夜路的货车,他没怎么理会,让过货车,继续赶路。不一会,又驶来一辆灰色"的士",路过阔商身边,"嘀嘀"摁了两下喇叭,放慢速度。司机伸头招手:"先生,上车不? 专送赶夜车旅客的,空座儿挺多。"

阔商没搭理,继续低头赶路,只是放慢了脚步,像是在犹豫。的士司机见他没反应,便重新脚踏油门,那阔商突然招手:"停车!"司机刹车,开门,阔商敏捷地猫身钻入车内。刚刚落座,"刷"车内灯光骤亮,两边两支硬邦邦的枪管已经顶住了他的腰眼:"不许动!"眨眼工夫,他的腕子已经被铐住,防盗提箱也被夺走。

化装成乘客的老姜和他的助手"噌"一下扯去阔商的眼镜,"啊?"猛然,坐在司机身边的那位女警察一声惊呼,差点昏厥过去。你猜咋? 原来呀,这阔商不是别人,正是老疙瘩的爸爸——黄善愚! 女警察就是化了装的丁晚妹。

工夫不大,的士驶过长清河下游的一座大桥,与停在那里的一辆货车相遇。苫布掀开,车上下来了几名刑警,其中一位女刑警酷似丁晚妹,手里正抱着老疙瘩。老姜让他的助手们将黄善愚押上卡车,急驰而去,他自己接过老疙瘩上了的士,把老疙瘩交给丁晚妹,丁晚妹抱着老疙瘩立时痛哭一场。

不久,这场骇人听闻的"老疙瘩绑架案"终于真相大白:

半年前,丁晚妹侨居泰国的生父给丁晚妹母女俩汇来5万元巨款。丁晚妹的丈夫黄善愚一来觊觎这笔巨款,恨不能一口吞为己有,二来他早已和一个女人勾搭成奸,一心想抛弃丁晚妹,因此,他朝思暮想,挖空心思地想歪点子,要把这笔款弄到手,然后和那女人远走高飞。他深知,正面向岳母或丁晚妹要钱是不可能的,她们娘俩最疼老疙瘩,把老疙瘩看作自己的命根子,如果在老疙瘩身上打主意,准保能如愿以偿。再者,老疙瘩年幼,还不会说话,此事一定能做得神鬼不知。于是,他便谋划出这个老子绑儿子的恶剧来……

那天,黄善愚假装出差,买好了去广州的车票,丁晚妹送他上了车。岂料,车过两站,他又下车偷偷潜了回来。次日凌晨,他潜回家中藏了起来,等丁晚妹上班走后,他哄老疙瘩去买"大红炮",将儿子骗走,留下那张事先拼凑好的"恫吓信"。然后,他把老疙瘩寄藏在远村一个酒肉朋友家里,以便自己可以伺机而动。柏树丛中那场"遭遇战",他险些失算落网,幸亏冒出一个见义勇为的大傻瓜赖二,一时充当了替罪羊,他才得以脱险。

但是,五万元巨款,就像一块肥得滴油的诱饵,勾着一只狐狸的魂儿,他岂舍得善罢甘休?于是一计未逞又生一计,他又冥思苦想谋划出"水中淘金"这一招。不料,"螳螂捕蝉,黄雀在后",黄善愚做梦也没想到,经过巧妙伪装的公安干警,根据第一次较量的经验教训,这一次,采用了放长线、撒大网、引鱼上钩的妙计。老姜同他的助手们,经过仔细研究,周密部署,以一名模样身材同丁晚妹相像的女刑警与丁晚妹换装,如此这般,这般如此,一番严密铺排,这样,既可以确保丁晚妹母子的安全,又能够麻痹敌人。而后,将一只微型遥控监听装置藏在五万元巨款包内,交给装扮丁晚妹的女刑警,同时,在老龙口十里方圆内外布下了天罗地网,终于使这条"黄鳝鱼"上钩入网……

除夕之夜,万家欢乐,可是丁晚妹家却孤欢寡乐,唯独老疙瘩活蹦乱跳,就跟啥事也未曾发生似的。虽说他喜爱的哈巴狗没了,可是赖叔叔抱来一只小猎狗,还有妈妈新买的玩具狮子狗,姜伯伯送的电子机关枪,再加上爸爸给买的那么多的"大红炮","乒——乓——"嘿!他玩得别提多开心啦!

(韩德贵)

飘 忽 财 运

钱这个东西,脾气最古怪,最敏感,也最容易被吓跑。

中奖之后

　　四月十六日是有奖储蓄开奖的日子,机械厂工会宣传干事小周拿出当天报纸,把刚刚公布的定期定额贴花有奖储蓄的中奖号码,用美术体一笔一画地抄在黑板上。

　　抄完之后,小周跳下长凳,从上衣口袋里摸出自己的一张存折,正想对对看,忽然听到背后有人在叫:"小周,来来来,帮我对一对,这次不晓得中没中?"

　　小周侧转身一看,噢,是住在他家隔壁从上海退休回家的工人老凌。老凌身体硬朗结实,就是一双眼睛老花得看大不清,所以他只得求小周代劳。

　　小周见老凌手里也拿着一张存折,心想:这个老头子倒来得及时,月月十六日我抄完中奖号码,他总要来叫我帮忙对号码。

他伸手接过老凌递过来的存折,笑眯眯地说:"凌伯伯,你也不用客气,你眼睛不好,还是老规矩,让我来。"

说罢,小周把老凌的存折打开,看了一下贴在上面的这个月的储蓄券,再对一对黑板上的中奖号码,心里不由得"咯噔"一跳。

原来,黑板上端端正正写着"特奖00369",而这张储蓄券上也清清楚楚印着"00369"。他想:中特奖,就意味着能拿到一千元钱。老头子平时就不缺钱花,怎么这个特奖偏偏又给了他?世界上的事情真是太不公平了。唉,要是这一千元特奖给我该多好呀!昨天晚上,女朋友雯雯和我商量结婚的事情,商量来商量去,就是缺一千元钱。咳!有了这一千元钱,我们马上就可以买好全套家具,布置好新房,一到国庆节就可以笃笃定定去领结婚证了。想到这里,小周直觉得一颗心"怦怦"地跳了不停。

站在一旁的老凌有点奇怪了,他想以往来对号码,小周接过存折看一看就爽爽快快地告诉我,中还是没中。今天怎么看到现在还没看出名堂来?

所以他忍不住上前一步,开口问道:"小周,不中奖也没啥,储蓄么,哪能都指望中奖?没中奖,把存折还给我吧。"

小周听到老凌讲"不中奖也没啥",心中突然转过一个念头:有奖储蓄的存折上又不写名字,我何不把这两张存折换一换?这样,中特奖的不就是我了?

想着,他就把自己的存折随手递给了老凌,说:"凌伯伯,这次你还是没中着奖!"

老凌接过存折,说了一声"谢谢你",就转身走了。

老凌一走,小周拿出老凌的存折,又仔细看了一遍,那上面"00369"几个数字一点也不错。他开心啊!这可是一千元钱啊!

不过再一想,小周心中不由得有些发毛。这一千元是老凌的,他信任我,让我看看,我却偷偷调换了他的存折,这好像有些太讲不过去了！小周越想心里越不是味道,最后还是下了决心,"霍"转过身去追赶老凌。

小周气喘吁吁地追到大街上,正好走过一家家具店,只见店门前挤满了人,门口挂着一块黑板,上面用彩色笔醒目地写着:本店最近从上海组织到一批新式家具,全套售价人民币一千元整,货物不多,欲购从速。

一千元,又是个一千元！小周伸头朝家具店里一看,啊！多么好的家具,款式新颖,精光锃亮,实在诱人。小周两只脚立刻像立刻钉子一样站着不动了。

还要不要去追老凌呢？要是追上老凌,还掉存折,这套家具不就眼睁睁看着错过了？罢罢罢,反正这事只有我一个人知道,只做一次,下不为例;假如我今后运道好,也中了特奖,再想法跟老凌调回存折。

想到这里,小周就拿着存折直奔银行而去。

小周走进银行,来到柜台前,递过存折,开口说:"同志,我领奖。"

业务员接过存折,对了一遍储蓄券上的号码,用剪刀剪下,又从抽屉里拿出十元钱,连同存折还给小周。

小周接过钞票一看,顿时呆住了,脱口说:"怎么,只有十元?"

业务员朝他看看,笑着说:"十元你嫌少,你要多少?"

"不、不是一千元吗?"

"啊,你要一千元? 胃口倒不小！你知道你今天中的啥奖?"

"啥奖呀,特奖!"

业务员奇怪地重新拿起存折对了一遍,说:"小青年,我看你人生得很聪明,眼睛为啥这么糊涂,这么大的字也会看错? 喏,你自己到门口再去对一遍吧。"

小周拿起存折,到银行门口的黑板上仔细一看,特奖

00396",再看看手上的存折,却是"00369"。不觉"啊呀"一声,面孔涨得血血红,连忙进去尴尬地对业务员说:"对不起,对不起,是我看错了。"

他边说边从柜台上抓起十元钱,拔脚跑到厂里,再往黑板上看看,才知道是自己一时粗心大意,抄错了中奖号码,把00396抄成了00369。

小周把黑板上的号码改正后,回到家里,心里越想越感到懊丧。他从袋里摸出存折和那十元钱,刚刚想打开抽屉放进去,突然老凌不声不响地推门走了进来。

小周猛地一见老凌进来,吓得头上直冒冷汗,慌慌张张要把钞票和存折往抽屉里藏,谁知越慌越乱,藏了钞票,却把存折留在桌子上。

老凌见桌上有一张存折,走过去抓在手中,放在眼前仔细一看,"嘿嘿"一笑说:"这张存折才是我的。"

说着,老凌又从袋里摸出一张存折,往桌上一摺,说:"小周,今天请你帮我对奖,你怎么把我的存折调了?"

小周听老凌这么一说,心里"别"一跳:这老头好厉害!但嘴里还是说:"不会的,不会的,凌伯伯,不会调错的。"

"还讲不会调错,你看,你这张存折上面有油渍印,我这张存折簇新簇新,证据都在这儿,你还要嘴巴硬!"

小周说不出话了,他只是支支吾吾地说:"凌伯伯……"

老凌见他还不承认,便拉开喉咙说:"我们是老邻居了,平常调错一张存折也无所谓,今天这张存折怎么好调错!你晓得这张存折中了啥个奖?"

"末奖。"小周一吓,不觉脱口而出,脸顿时红了起来。

谁知道老凌眼珠一瞪,喉咙越发响了:"末奖?弄错了,不是末奖,是特奖!钞票实实足足一千元!小周,做人第一要忠诚老实,你讲呢?"

小周见老凌一口咬定中了特奖,吓得不由"噌"坐在凳子上发呆了,心想这可怎么办哪!特奖一千元,末奖只有十元,一进一出要相差九百九十元。唉,这真叫偷鸡不着蚀把米,浑身长嘴也说不清了。

他听老凌讲,"做人第一要忠诚老实",感到再不讲老实话,更要出足洋相了。想到这里,连忙从抽屉里拿出十元钱,嘴里嗫嚅着说:"凌伯伯,我错了,我今天给你对号码的时候,还以为你的存折中了特奖,我一时被钱迷了心窍,调了你的存折。谁知道去银行领奖,不是特奖是末奖。你要是不相信,可以到银行去查。喏,这十元钱你拿去吧。凌伯伯,我实在对不起你!"

老凌听小周说完,怔了好一会儿,突然哈哈大笑起来:"好的,这十元钱是我的,我就老实不客气了。别人的钱再多我也不能要,自己的钱应该是多少就多少。"

他边说边把十元钱往袋里一放,然后又摸出一个用报纸包着的大包,开口说:"小周,你知道我为啥上门来调存折?喏,告诉你喜事一桩,你这张存折中了特奖。这是一千元,我代你领来了,你数一数吧!"

老凌这番话,把小周弄得像落入了五里云雾中。

这是怎么一回事呢?

原来当小周前脚从银行出来,老凌后脚就进了银行大门。老凌从邮电局领了上海厂里汇来的退休工资,想起这个月的有奖储蓄还没有买,就来到了银行,把钞票和存折一起递上去,请那位女业务员帮忙贴一贴。那业务员贴好储蓄券,一看存折上的号码是"00396",不觉"啊"叫了一声,说:"老伯伯,恭喜你,你中了特奖啦!"

老凌一听,啥,我中了特奖?小周不是帮我对过了吗,怎么又中奖了?

老凌不相信地说:"同志哎,你不要开玩笑,我没这么好的运道。"

"真的,老伯伯,不同你开玩笑,你看中了特奖。你是,00396,一点也不错。"

老凌一听,顿时开心得眉开眼笑,乐呵呵地对那位业务员说:"那么今天夜饭我请客,请你们大家到'新月'饭店吃夜饭。"

业务员一听,也笑了,连忙说:"老伯伯,你中了特奖,我们也高兴,不过夜饭还是要回到自己家里去吃的。"一面说,一面飞快地数着钞票。

钞票数好,交到老凌手里。

老凌又数了一遍,讨张旧报纸包了包,放在口袋里,纽扣扣扣好,拿起存折,满心欢喜,走出大门。他一边走,一边翻来覆去看着手里的存折,嘴里还自言自语地说着:"好运气,好运气,这张存折真是好运气。"

走到大街上,迎面的太阳光正好照在存折上,存折在眼前突然一亮。这一亮,老凌却呆住了。为啥?老凌发现这张存折的背面角上,有一个油渍印。

老凌想:我这张存折一直是小心保管,夹在一本书里,棱角分明,簇新簇新,怎么会染上这么大一个油渍印,不要是业务员弄错了?

想着,他又返身进了银行,对那业务员说:"同志,这一千元钞票我不能要。"

"咦,你为啥不要?"

"我看这张存折不是我的,是不是你调错了!"

"老伯伯,刚才只有你一个人来领奖,不会调错的!"

"哎,一定是调错的,我老头做事情一向仔仔细细,我的存折保管得好,簇新簇新,现在这张存折上却有一个油渍印,肯定调错了。"

这一来,那位业务员也有点奇怪起来,心想:今天是什么日子？老是碰着怪人怪事情。刚才一个小青年中了末奖讲中特奖，现在这位老伯伯中了特奖不要特奖。究竟啥原因？

不过她的口气仍然十分温和："老伯伯，你讲调错了，我估计也一定是你同自己家里人调错。我看这样吧，调错也好，勿调错也好，反正有奖储蓄单不写名字、不挂失的。钞票你自管拿回去，回去再想想，想出同啥人调错，你们自己去处理吧。"

老凌想想也没别的办法。

回到家里，他刚推门进去，就从屋里传来一个银铃般的声音："舅舅，你回来啦！"

老凌一看，是外甥女小茵。

小茵一边走出来一边说："舅舅，恭喜你，我下班回家时在路上就听人讲你中了特奖啦！"

老凌朝姑娘望望，心想：你倒消息灵通，我还没有回到家里，你倒来坐等我了。我老头子当然明白，大概又是想敲点竹杠，拿点钞票吧！

果然，三句客套话一过，外甥女就不客气地开口说："舅舅，你这回拿到一千元，无论如何要给我买自行车了。"

老凌笑笑说："小茵啊，娘舅有了钞票，是会给你买自行车的，可这一千元钱不是我的，我正在为这包钞票发愁呢！"

说着，他将这包钞票放在桌子上，又拿出存折，说："小茵你看，这张存折不是我的，不晓得啥人粗心大意与我调错了。"

小茵："舅舅，管他啥人同你调错，反正这一千元钱又不是偷来抢来的，愁啥呀！"

老凌说："你又不是不晓得舅舅的脾气，不是我的钱，一分也不能要，一千元越发不能要了。"

小茵见娘舅这么说，想到他平时的为人，也感到为难起来。她顺手从桌子上拿起存折，翻来覆去看了几遍，突然"咦"一声喊了起来。

　　老凌一听，连忙追问，小茵就讲起了一个月前的一件事。

　　那天，厂工会的宣传干事小周手里拿着一张存折，边走边讲："你们大家来看，我的运气好不？第一个月同头奖差了两个数，第二个月只差一个数，看样子下个月好运道要来了……"当时小茵正好满手油腻从车间里出来，听小周在吹牛，就随手夺过小周的存折，想看个明白。小周见她一手油腻，慌忙夺回存折，但存折上面已经被小茵沾上了一个油渍印，小周急得连连喊叫："倒霉！倒霉！我的好运气被你冲掉了。"现在小茵想起这事，再看这张存折上这个位置的油渍印，断定就是自己当时沾上去的。

　　老凌听到这里，追问了一句："你能肯定吗？"

　　小茵找来印泥盒，用手指在印泥上沾了沾，随即在白纸上摁了个手印，对舅舅说："你看，存折上的油渍印跟这个手印不是一模一样的么！"

　　老凌戴上老花眼镜，用放大镜仔细看了又看，点点头说："是的，是的，两个印子完全一样。"

　　他这才想起找小周对奖的事，猜想一定是小周稀里糊涂调错了，于是连忙立起身子，重新将钞票包好，放进口袋，拿起存折，直奔小周家。

　　老凌把事情前前后后一说完，从桌上拿起自己的存折，就乐呵呵地回去了。

　　小周望着老凌的背影，心中不由得一阵激动：将心比心，自己和老凌相差太远了。今天这半天工夫，存折调来调去，一会儿特奖，一会儿末奖，弄得神魂颠倒，到头来才明白，做人第一就是要忠诚老实。明白了这个道理，真比中了奖还珍贵得多呢！

（鲍林鸣）

文明楼里的奇闻

　　在灵江镇东头小山脚下有一幢小楼，小楼墙上挂着许多牌牌，有大的，有小的，有塑料的，也有金属的，但一律是红底金字："文明之家"、"文明标兵"、"文明新风"、"文明之花"。

　　因此人们称这幢小楼为"文明楼"。

　　文明楼里有一户三口之家。男主人姓常，是镇上精神文明建设委员会的主任；常主任的夫人姓段，是镇俱乐部的主任；常主任和段主任还有个独养儿子，名叫常小明，今年八岁半，在小学念三年级，别看他小小年纪，可也是班上主管清洁卫生的主任。看看，这一家三口人全是主任，大家好不羡慕！

　　这一天，常主任开完镇上精神文明建设表彰会，他一看时间不早，就急匆匆赶回家去。当他刚跨进文明楼的大门，就听见楼上传来"乒——乓"一声椅子倒地的响声,接着是小明的哭声和段主任的骂声。他急忙三步并两步奔到楼上,拉住脸红脖子粗的段主任,说:"你是怎么啦? 对孩子也得讲道理嘛,你这样吹胡子瞪眼、拍桌子骂娘,多不文明。"

段主任一听火气更大了:"用不着你来上政治课,文明文明,你儿子快爬到我头上来拉屎撒尿了,你还给他撑腰!"

"这是怎么啦?"

"你自己看吧!"段主任说着,"啪"地扔过来一个纸团。

常主任拾起纸团,展开一看,只见上面用毛笔歪歪扭扭写着:失物早(招)领。常主任笑着对夫人说:"拾金不昧,这是好事嘛,要鼓励……"

没等常主任说完,段主任打断他的话,说:"你再仔细看一看!"

常主任一看,这才发现下面还有一行字:我拾到人民皮(币)一万元,哪个丢的,赶快来领。我住文明楼,名叫常小明。

常主任"唬"地沉下了脸,对小明说:"你怎么想起来开这么大的玩笑啊? 你这东西一贴出去,会产生什么后果你想过没有?人家会骂你是骗子! 你又是我的儿子,叫我这主任怎么当? 要知道,骗人是最不文明的行为!"

小明头一歪,说道:"我没有骗人,我真的拾到一万元。"

常主任一惊:"真的?"

小明抹着泪水说:"真的。在路上拾到的。"

"有人看见吗?"

"没有。"

一听小明说没人看见,常主任连忙摸着他的头笑嘻嘻地说:"等一会儿,爸爸要批评妈妈,儿子干了件好事,是全家的光荣。好孩子,快把钱拿出来,爸爸看看。"说完,朝段主任使了个眼神。

段主任连忙接话茬说:"对,刚才妈妈态度不好,现在你快拿出来,妈妈帮你保管。"

小明摇摇头:"不,我拿出来你们想贪污。"

"什么?妈什么时候贪过你的污啦。"

"上次我拾到一只皮夹子,里面有十元钱、五斤粮票,你把皮夹子烧了,把钱和粮票放进自己的皮夹里去了。"

"你——"段主任顿时噎得说不出话来,刚要挥起拳头,常主任急忙拦住她说:"你不相信妈妈,总该相信爸爸吧?"

"你跟妈妈差不多。有一次我捡到一只皮手套,你说正好同你那一只配对,就拿去戴上了。这次的钞票,我不给你们了,要还给丢了的人。"

看小明态度这样顽固,段主任心里的火"吱吱"直往上冒。

常主任却心平气和地说:"算了算了,动手动脚不文明,让他先想一想,我相信小明会想通的,先吃饭吧。"

饭菜上桌,常主任端出三只高脚杯,斟满了酒,破天荒地端给小明一杯,说道:"祝贺常小明同志,拾到一万元,干杯!"

谁知小明不领情,把酒杯一推,说:"这酒又苦又辣,我不要喝。"

"好好好,爸爸让你吃糖醋排骨。"常主任夹起一块就往小明的碗里放去。

小明摇摇头:"不要,这是糖衣炮弹。"说着盛了碗饭,三口两口扒完,回房间去了。

这真叫软硬不吃、刀枪不入。要是十元、一百元,咬咬牙也就算了,可现在是一万,全是十元票也要一千张,数数得老半天呀!有了这一万元,什么彩电、冰箱、摩托车全有了,这到嘴边的肉能轻易放弃吗?不,一定得想办法挖出来。于是这两位主任连吃饭的心思也没有了,认认真真地研究了对策后,匆匆地收拾了碗筷,就直奔小明的房间。

　　段主任说："小明，洗个澡，换换衣服。"也不管小明同意不同意，一把将他拉到卫生间里，先是剥光衣服洗澡，然后从里到外、从上到下来了个彻底更新。

　　这边段主任在给小明洗澡换装，那边房间里常主任也在行动，将小明床上垫的、盖的、铺的、枕的，来了个全面换班。等小明洗完澡睡下以后，两位主任回到自己房间里，开始战斗，每件衣服和裤子都仔细地捏过，棉被拆开抖过，枕头翻过，足足忙了一个多小时，却一无所获，别说一万，连一毛钱也没找到。

　　他们不死心，又来到小明房间里，小明已经睡着了。常主任一抬头，只见床头有只小木箱，还上了锁，他急忙抱起箱子摇了摇，只听"扑扑"地响，啊！在里面！可是找来找去找不到开锁的钥匙。

　　段主任说："撬！"他们找来了锥子、老虎钳，费了好大的劲，才把箱子撬开。

　　可是掀开箱盖一看，除了一些旧课本和练习本外啥也没有。这倒怪了，一万元钞票能藏到哪里去呢？于是又继续往别的地方寻找，床底下、桌子抽屉里，连墙壁角、痰盂底都仔细搜查过了，就是不见钞票的影子。

　　这一折腾，折腾到凌晨三点多钟，眼看快天亮了，仍一无所获，只得停战睡觉，明天再干。为了保险，夫妻俩连夜给小明房间加锁，实行隔离审查。同时决定，明天一早由段主任出马，给三个单位送请假条，全家请假在家，不找到一万元誓不罢休。

　　再说小明一觉睡到大天亮，急忙起床，穿好衣服去开门，可是门被反锁，怎么也打不开，急得他一边砸门一边喊叫。这一来惊动了段主任，她开锁打开门，说道："我们已经给你请过假了，今天不上学，在家有事。"小明不买账，头一歪说："家里没事，我要上学。"段主任一把搂过他："小明乖，今天在家里，妈杀鸡给你吃。""我不要吃鸡，我要读书去。"小明一下子从段主任怀里挣脱了出去,拎起书包就要下楼。常主任一把将他拖了回来,又关进了房间,骂道:"我就不相信治不了你这个鬼丁头!告诉你,什么时候把钞票交出来,就什么时候放你,要是顽抗到底,死路一条!国有国法,家有家规,小小年纪就不服管教,大起来还得了?"

既然小明不愿合作,夫妻俩又开始了全面搜查。这时常主任七转八转,来到了屋旁的阴沟洞边。这条阴沟是避水沟,每逢下雨,山上下来的水都从这条沟里排放出去,雨一停,阴沟里也就没水了。常主任弯下身子往阴沟里一望,只见里面有个白色的小包。他心里一动:"莫不是小家伙把钞票藏在这里?管他,拿出来看看。"他顾不得里面又脏又臭,就一头钻了进去。

事有凑巧,常主任刚钻阴沟,就来了个人,谁?小明的班主任李老师。李老师是个女同志,本来胆子就小,现在看见一个黑乎乎的东西钻进阴沟去了,吓得大声叫道:"大家快来呀,这里有野兽!"

这一喊,惊动了邻近的居民,有拿叉的,有拿刀的,有扛棍子的,也有扛扁担的,"呼啦啦"一下来了不少人。大家听说阴沟里有野兽,立即兵分两路,封锁了洞口,有的说撬,有的说捅,有的说烟熏。

大家正在紧张之中,只见阴沟洞里爬上来一个东西,大家举起棍子、扁担,大声喊"打",却突然响起常主任惊慌的叫声:"别打,别打,是我!"他说着从洞里钻出来,手里拎着一只雪白的死鸡。

大家一看松了口气,问道:"常主任,你钻到阴沟里去干啥?"

常主任尴尬地苦笑着,说:"喏,阴沟里有这么只鸡,我怕它烂起来污染环境,现在不是讲环境美吗?我特地将它拿出来埋掉。"

哪晓得他话音刚落,小明从屋里奔出来,扑到李老师怀里就

"呜呜呜"哭。

李老师搂住小明问道："小明，你不是病了吗？"

"不，我没有病，是爸爸妈妈不让我上学，他们把我锁在房间里，要我把一万元拿出来再放我。"

大家一听都愣了，李老师也被弄得莫名其妙。

常主任连忙说："李老师，你别听他的，他昨天发了一夜烧，现在还在说胡话。"

说完他向段主任瞪了一眼："你怎么还不赶快送他上医院！"

小明说："不，我不去医院，我真的拾到一万元。"于是他把事情的经过详详细细说了一遍。

李老师听完小明的叙述，笑笑说："你能把拾到的钱给我看吗？当着大家的面，我不会贪污的。"

小明点点头，转身跑回家里，一会儿抱来一只小箱子。他正要开锁，发现箱子上的锁已被撬掉，他一屁股坐在地上，大哭大叫起来："啊呀，箱子撬坏了，钞票一定被偷去啦！"

常主任、段主任听了，不觉一惊：羊肉没吃着，沾了一身羊骚臭，你那箱子里哪有钞票啊？

李老师说了："小明，你别哭，先把箱子开开看看。"

小明一想也对，"咔嚓"一声，小木箱打开了，大家忙凑过去一看，箱子里全是书本。一万块钱有一大堆，还能看不见吗？肯定放进两位大主任的皮箱里去了。

哪知小明七翻八翻，竟从一本书里拿出一张钞票，递给李老师说："喏，在这里。"

大家一听，全愣了，哪有一万元票面的钞票呀？凑过去仔细一看，啊！原来是五十年代初通用的一张旧人民币，它的价值只相当今天通用的人民币一元钱！

　　　　　　　　　　　　　　　　（吴文昶）

真假五针松

　　王老倔倔了几十年,可近来一下子就不倔了。为啥呢?原来他离别了三十多年的哥哥从台湾回来了,他能不乐吗?你看把他美得:走路直颠腿儿,整天哼小曲儿,不会抽烟愣叼根过滤嘴儿。

　　乐归乐,老倔知道,哥哥这次回大陆,一是探亲,二是代表公司与红光机械厂签订一份生产合同。时间紧哪,再有三天哥哥就要回去了。哥哥要走,给他带点啥呢?为这事,老倔想了好久。

　　这天中午,老倔的哥哥正睡午觉,"咣当"一声门开了,老倔抱着一盆树桩盆景兴冲冲地回来了,进门就喊:"哥呀,你看我给你买啥来了?"老倔这一吵,他哥哥"骨碌"坐起来了,睡眼惺忪地一看:"啊!五针松。二弟,你从哪儿掏弄来的? 得花多少钱哪?"

一看哥哥那股高兴劲儿,老倔打心眼里往外舒服。"哥,我早知道你稀罕那盆啊景的,尤其喜欢这五针松。这几天,我是磨薄了脚板到处寻摸,总算把它逮着了。只要你稀罕,啥钱不钱的!"

这工夫,老倔的哥哥接过盆景,从上到下连瞅带瞧。可是瞅着瞅着,老人笑模样没了,两道浓眉拧成个大疙瘩,"扑通"一声,老人抱着盆景一屁股坐在那儿,当时就"没电"了。老倔一看,不对劲呀:"我说哥,怎么,你不喜欢?""二弟呀,你上当了,这是假的。""啊!不能吧? 我可是花一千块钱买的。"老倔这会眼珠子瞪得像灯泡那么大。

"二弟,货的真假可不在价钱多少哇! 真正的五针松松针很短,可这松针则是将普通黑松的松针剪短,经过处理以后来假冒真品的。外行人根本看不出来。它不值几个钱呀!"

老倔不听则罢,一听这套嗑,真好比五雷轰顶,"咯噔"一屁股坐那儿,心里说这下可完了。这时候,红光机械厂来人,说是请老倔的哥哥到厂子里洽谈合同的事,把哥哥接走了,剩下老倔一个人瞅着这盆假冒伪劣品发傻。

他心疼啊,这一千块钱是他和老伴一点一点攒下的。他想来想去,那倔劲上来了,"腾"地站起来,心说:不行,我得找那兔崽子算账去!他抱起盆景抬腿就往外走,"咣"和对面的人撞了个满怀,抬头一看,原来是厂工会的汪主席,老倔顿时就像见了亲人,眼泪都要下来了,把事情从头至尾说了一遍。

汪主席听完这事,眉头疙瘩也揪到一起了。他沉思了一会儿,最后说:"唉,只好认倒霉啦! 依我看,你不如把这盆冒牌货拿到花市上卖了,能卖几块是几块,不然放在家里你瞅着它也是来气。你说对不?"老倔觉得也只有这样了,便点点头说:

"中。"

第二天，老倔抱着盆景来到花市，找个背旮旯，把盆景往地上一放，来个闹肚子的上厕所——开蹲。可是从早晨蹲到中午，从中午蹲到下晚黑，别说谁买呀，连个打听价的都没有。

第三天，老倔是肚子里放镜子——照肠（常），他又来了。不过这回老倔把盆景朝地上一放，他人上一边溜达去了，干啥呀？他要找卖给他假盆景的那小子。可花市上人多，又赶上是星期天，老倔总觉这眼神不够用。突然，他隐隐约约好像看见那小子晃了几下，可还没靠前，人就溜了。就为这个，老倔又坚持了半天。晌午头，汪主席来到花市买鱼食，一看老倔在那蹲着，盆景放在一边"岿然不动"，知道又没卖出去，赶紧过来安慰说："老倔呀，别着急，今个儿人多，说不定下午能'蹲'出去。"老倔心说："再蹲我可真要闹肚子了。"他头一抬："哎，我说汪主席，这人一上岁数就是不行了，头晌我明明看见那小子了，可硬让他溜了。我要是年轻十来岁，保管几步就把他逮住，好好收拾收拾这兔崽子！"汪主席刚要劝，老倔一摆手："甭劝，我认准的事谁也劝不了。您放心，我不会闹事的，您走吧！"汪主席只好走了。

老倔是拿定主意非等到下晚黑不可。

过了约有一个多时辰，突然，打那边开过来一辆豪华轿车，"哧"停在了花市口，车门一开，打车上下来一位外国老头。这老头看上去有六十多岁，满头银发，花白的胡须，一身西服革履，戴着一副镶边的金丝框墨镜，手里挂着一根檀香木的文明拐杖，身后跟着四五个随从，慢步朝这边走来。人们一看来了外商，整个市场一下子又热闹起来了，个个争着往前凑，举着花让老头看。老头是一会蹲下来看看，一会又端起来瞧瞧，一份不落，仔细挑选。从花市这头转到那头，转来转去转到老倔的盆景跟前不动了。

老倔本来正在后头跟着瞅热闹呢，他怎么也没有想到老头能停在他这假冒伪劣的破玩意儿跟前，臊得他直往后躲。可老头还真就把这盆景端起来了，并且轻声问道："哪位是卖主？"这一问不要紧，老倔那脸色当时就跟上秋那大紫萝卜似的，站在那愣不敢过来。可一想就是买卖不成也得讲点文明礼貌啊，硬着头皮就过来了："是、是我的。""噢。打算要什么价钱呢？"老倔一听，心说：这老外也懂得泡人儿是咋的？啥价钱，一千块，可那是别人唬我，我再唬你？我老倔就穷掉底也不能干这种缺德事呀。想到这，他干脆来个痛快："你要是稀罕就送给你了，啥钱不钱的！"可老头一听连连摆手，"不不不，这么贵重的东西，我不能白要。"说着话，让女秘书拿出一千块人民币，"啪"塞到老倔手里。人们一看可嚷起来了，有的说："哎，这老外是不是大脑炎没好利索，在这玩懵呢？就这扔大街上没人捡的破玩意儿，愣给一千块？"也有的说："你不懂，人家钱多留着干啥？专门拿钱花着玩，这叫'国际扶贫'。"

大伙正议论着，只见欣赏盆景的老头"刷"一把将那冒牌的五针松连根拔掉，"啪"扔在地上了。这举动当时就把周围正议论的人们给整傻了。"咋回事儿？"连老头那女秘书都直了眼了，她急忙上前问："总经理，您花这么多钱买了它，怎么又扔了？"老头淡淡一笑，将盆里的土倒干净，掏出雪白的手绢将盆擦了擦，这才说："那棵树桩本不值半文，可这个盆却是无价之宝哇！据我考证，它是明代的御盆，皇宫的遗物。史料上记载，有两只御盆流落民间，想不到在这找到它。看来，这次大陆之行没白来呀！"

一番话，说得人们目瞪口呆，全服了：这老外原来是位古玩家！于是便说老倔："咳！这位傻大哥，无价之宝卖一千块，亏到家了。"老倔不明白："我花一千块买的，卖了一千块，这没亏呀！差哪了呢？"

老头捧着花盆连声向老倔道谢，转身刚要走，突然，打人群中窜出一个小伙子，"扑通"就给老头跪下了，随后"梆梆梆"连磕三个响头，鼻涕一把、眼泪一把地说："我家老母长年卧病在床，为了给她看病，我偷偷把花盆卖了，谁知我老母知道后差点背过气去，她说那是我们家的祖传之宝，卖了它就等于卖掉了命根子。如今，老母病情加重，危在旦夕，求您老人家看在我老母的分上，把它还给我吧，求求您了！"

一旁的老倔一瞅，好嘛，正是他要寻找的那小子。本来老倔憋了一肚子气，只想逮着他好好教训教训，可这会儿听他这么一说，心软了，气也消了，反倒挺同情这个孝子。

再说这老头，他瞅瞅跪在地上的小伙子，又看了看手里的花盆，再扫一眼周围的人们，真是左右为难。他足足想了五分钟，这才一边把花盆递给小伙子一边说："既然它是你的传家之宝，我不能夺人所爱呀。不过太令人遗憾了！"小伙子接过花盆，"嘣嘣嘣"又连磕仨头，随后掏出一千块钱递给老头，抱起花盆就走了。老头遗憾地上了汽车，老倔也晃晃悠悠回家了。

第二天，老倔的哥哥就要回去了，全家人把他送到飞机场。哥俩手拉手依依不舍，老倔心里就觉堵得慌，真正的五针松没弄到，哥哥喜欢的东西没能带走。他越想越难过，鼻子一酸眼泪下来了："哥，啥时再回来，我一定让你带走五针松。"

兄弟两人正在洒泪告别，一辆轿车飞也似的开过来，"嘎吱"停在了老倔的身旁。从车上一前一后下来两个人，前边是厂工会汪主席，后边那位老倔瞅着觉得眼熟，细一琢磨，忽然想起来了，这不是花市买盆那老头吗！难道这位外商也是坐这班飞机回去？他正想着，就见汪主席拉着外商的手走到老倔哥俩跟前，说："来，认识一下，这就是我哥哥，省人民艺术剧院的艺术顾问，人们都叫他汪导。"

老倔一听说啥也反应不过来，弄不明白这是哪跟哪。心说：一会是外商阔佬，一会儿又成了导演，这究竟演的是哪出戏呀？

这工夫,汪主席笑着就把实情说了一遍。

原来,自打汪主席听老倔说了上当受骗的事,心中十分气愤,高低要帮老倔一把。正巧赶上他哥哥率团来演出,哥俩一合计,就想出个好主意,先由汪主席借买鱼食之机来花市进行"火力侦察",从老倔那了解到卖假盆景的小伙子的确也在花市上,赶紧回来通报情况,汪导化装后就带上几个演员,演出了这出金钩钓鱼戏。

老倔简直听傻了,他急忙问:"汪主席,那花盆真是无价之宝吗?"汪主席又乐了:"什么无价之宝,一分钱不值。至于什么明代的御盆,皇宫的遗物,那都是我哥哥在背台词呢!"说到这,他转身从车里端出一盆丰姿秀美的树桩盆景。老倔的哥哥一看,惊喜地喊道:"五针松,这才是真正的五针松!"

汪主席将它送到老倔哥哥的手里,说:"拿着吧!礼物虽小,可它是家乡人民的一片心。但愿您能再次来大陆!"

老倔的哥哥早已泪眼模糊,一句话也说不出来。他用颤抖着的双手捧起五针松,带着亲人的期盼,带着故乡的一片深情,缓缓走上舷梯,踏上了归途。

(薛孟春)

假币换真钱

　　新武市新型材料厂有个工人,名叫李喜田。这天,他正在大街上走着,猛然觉得有人拽他的衣角,回头看,只见身后站着一位西装革履的年轻人,正笑眯眯地望着他。年轻人见他回头,贴近他悄声问:"先生,换不换假币? 一比五,转手发大财!"喜田心里说:谁把真钱换假币? 疯了! 他摇摇头,刚想要说"不换",那年轻人掏出一张五十元面额的大票递过来,说:"先生,你看看,我这假币,谁也看不出来,保你能当真钱花。你要不信,就到商店试试去。"

　　喜田接过那张票,翻过来瞧,倒过去看,看了正面看反面,又拿起来对着太阳照,看来看去看不出假在何处。喜田心里活动起来:真是的,这样的假币,谁能认得出来? 恰好,他来街上时,想买一双运动鞋,于是就拿上这张票子去商店试,结果,买了鞋,又找回四十一元九角四分。

喜田口袋里装着找回的钱,心里打起了"小九九"。喜田为人善于算计,看看别人一个个富起来,便黑日白天做起了发财梦,这一回看这假币果然能花,心里怎会不动?于是就问那年轻人:"你还有几张?"年轻人又掏出两张递给喜田看。喜田看看,两张伍拾元大票,新崭崭,崭崭新,一点破绽也没有。他看够了,想好了,就掏出六张"大团结",要换三百元。年轻人在口袋里摸了半晌,摸出五张票,对喜田说:"给,俺身上就这五张了。你花花,看看能花不能花。还想换,晚上到望春楼旅馆,我住在 319 号房间。"

喜田接过五张五十元大票,心里痒酥酥的,又惊又喜:刚才还是五张大团结,眨眼变成二百五十元了!喜田拿出一张,又去商店买了些东西,果然谁也认不出假来。喜田高高兴兴出了商店,猛抬头,见大顺从对面走了过来。大顺是喜田的邻居,又是喜田的好朋友,喜田盖房时,借过大顺两百元。喜田心里想:何不把这四张假钞票顶了去?他把钱给了大顺,果然,大顺接到手里看了看,就稳稳当当地放进了兜里。

这一下,喜田心里可高兴了:十元换五十,百元换五百,千元一下就能变成五千元,半个万元户了!喜田越想越觉得有利可图,越想越觉得机不可失,来不及等到天黑,便拿上刚攒下的一千元钱,迫不及待地直奔望春楼旅馆。

喜田上楼找到 319 号房间,推开门,见那个年轻人正在屋里。年轻人见喜田来了,又敬烟,又倒茶,同喜田天南地北地谈起来,就是不提换假币的事。喜田发财心切,没心思谈这些不相干的事,就对年轻人直说自己要兑换假币。谁知年轻人告诉喜田,所有的假币刚刚被一个大主顾定下了,一会儿就来取,不能换了。喜田一听,犹如当头泼了一瓢冷水,他怎么也不愿错过这个发财的机会,于是再三恳求。

年轻人架不住喜田的缠磨,问:"那你要换多少?"喜田赶紧应声:"五千。"年轻人没吭声儿,走到墙角,提过一个精美的手提箱,轻轻打开,掀起一道缝儿,让喜田看了看,说:"先生,俺也不瞒你,你看看,给人家捆好了的,都是一万元一叠。看在咱们交往过一回的情面上,你是个爽快人,我就匀给你一叠。"喜田趁着灯光,隔着箱子缝,见那箱子里果真摆着一叠一叠的票子,每叠都是五十元面额的大票。他看得又惊又喜,心里"怦怦"直跳,赶紧对那年轻人说:"好,好,我再回去拿钱去,换你一万元。"说着,扭头就要走。可年轻人却拦住了他:"先生,你可要想想好,虽然这事儿转眼就能发财,可让人发现了,却是坐班房掉脑袋的呀!"喜田只怕年轻人不换给他了,连声说:"俺不怕!你等着,俺一会儿就回来。"年轻人听了,仿佛这才下了决心似的说:"那好吧!你一定要赶在十一点钟以前来。十一点那主顾取走了钱后,我也要赶车走呢!"

喜田回到家,东借西借,凑够两千元,急忙返回望春楼。到了319号房间,那年轻人正在收拾行装,喜田急忙把钱递上去,年轻人查点无误,正要开箱取假币,忽听身后门儿响。喜田急忙回头,一看吓得害了怕:一位头戴大盖帽、身着制服的民警,一步步走了进来。喜田吓得脸也变了色,心里像揣了小兔子,"咚咚咚"地跳个不停。

只听那民警厉声厉色地说:"你们的活动,早被我们掌握了。老实说,谁是主犯? 跟我到派出所走一趟!"喜田的两条腿儿不由自主地筛起糠来,只怕那年轻人把罪过往他身上推。他偷眼朝那年轻人望去,还好,那年轻人倒也诚实,交代说:"我是主犯。"民警还不放心,问喜田:"你呢?"没容得喜田回答,那年轻人抢先回答说:"他是别屋里的客人,来我这里找水喝的。"说罢,向喜田斜睨了两眼,那目光,分明是暗示喜田,叫他赶快离开这非之地。喜田心里一块石头落了地,心里对那年轻人道了一万个"谢谢",随后急忙溜之大吉。

喜田溜出来,匆匆似漏网之鱼,慌慌如丧家之犬,跑回了家里。可是他在家里又坐不稳、立不安、睡不下。等不到天明,他又跑回望春楼,在旅馆门口往里瞧。只见人们照常进进出出,不像发生过什么事的样子,喜田便大着胆子走进去。上到三楼,走到319号房间门口,只见门儿锁着,静悄悄,无声无息。喜田上上下下转了两个圈儿,也没有看出什么异样。他想起自己给那年轻人两千元钱,想找个人问问,又怕问出了事,牵连到自己,无奈何,又只得往回走,心里想:等等吧,这个案子也不算小了,等市里以后公布了,我就去找公检法,说明自己是受害者,把两千元钱要回来。

于是,喜田天天巴巴结结看电视,听广播,读报纸。可是,一天、两天、三天过去了,却什么消息也没有。

喜田想着丢了的两千元,心里不安生:难道被那年轻人蒙混过去了?猛地,他想起那天在街上还大顺两百元假币的事,何不把这事儿对大顺明说了,让大顺去公安局检举,来个"投石问路",看看民警带走那年轻人后,案子到底怎么处理了。

喜田说做就做,找到大顺把这事儿一说,大顺忙把那几张票子拿出来,可是翻来覆去看了半天,也看不出什么假来。大顺摇摇头说:"不假,不假,你看,这怎么能是假的呢?"喜田心里有底儿,说:"你不信,咱到银行去鉴定鉴定。"

两人来到银行,业务员接过他们的票子,仔仔细细鉴定一番后,笑着对他俩说:"明明是真钱,你们怎么说是假币呢?"

一句话,把喜田说到了五里雾中,懵懂了好半天,才"噢"的一声醒悟过来:一心思谋想打雁,却叫雁给合伙啄瞎了眼!

(马文广)

欢迎小偷的人

　　人家看见小偷深恶痛绝,罗溪镇有个叫张华的人,却挺欢迎小偷。说起来还有个有趣的故事呢。

　　张华父母双亡,只给他留下了两间瓦屋。眼下他在镇办五金厂工作,与同厂女工金丽萍谈上了恋爱。金丽萍对他既称心又不称心。称心的是看中他独身一人,清清爽爽;不称心的是钱太少,一个月两三百块钱能派啥用场?

　　张华已经二十六岁了,几次催金丽萍把婚事办了。金丽萍向他提出三个条件:一、买一套组合家具;二、买一台 25 吋的彩电;三、买辆新型凤凰牌自行车。照说这三条对当今一般婚嫁要求说来普通得很,但张华要实现它不知要等到何年何月。

　　上个月,厂里叫张华去上海购买电机零件。他到了上海,乘上21路电车,到了北京东路下车时,正巧有个扒手在电车上扒了一个皮夹子,也在这儿下了车。张华下车就急急往前走,正好走在扒手的后面。扒手回头望了张华一眼,以为刚才扒窃时给他落了眼,于是加快步子,穿过了马路想甩掉他。哪知张华也要到马路对面机电商店买零件,也就紧跟其后,穿过马路。扒手心慌了:不好! 今天是强盗碰到贼爷爷,遇到顶头货了。扒手索性停下脚步,回身问道:"师傅,你干吗老盯着我?"张华瞪大了眼珠说:"我们是同道,能说谁盯谁?"扒手一听,以为遇到脚碰脚的同行,马上露出一副笑脸,道:"师傅,来!"边说边一把拉他到一条小弄堂里,从裤袋里拿出一只皮夹子,从里面取出一叠百元大钞,塞到张华的手里,笑道:"大家有数,兄弟也拎得清的。"

张华望着手中的一叠钞票,呆住了。等他回过神来,抬头一看,那扒手早已没了影儿。张华粗粗一点,竟有两千多元。

天赐两千元,把个张华乐得在地上翻了几个跟头,晚上回到家里,他把钱放进底层的木箱里,便乐滋滋地出门逛街去了。他原想逛一圈就回家。可是不知不觉竟信步走到电影院门前,见影院门口人头济济,他好奇地走到售票处一看,原来是放《唐伯虎点秋香》,张华早就听说这部电影很好看,于是买了张票进去看了。等到电影快散场时,他突然想起自己出来时门没关上,哎呀,不好,木箱里那两千多元不要被小偷偷去哟? 这么一想,他赶紧出了电影院,甩开双脚跑步奔回家去。

真叫无巧不成书,张华担心家里来小偷,小偷果然来了。有个小偷偷了人家一台彩电,经过他家门口时,见门开着,里面黑洞洞的,他朝四周望望,见没人,就进了门,把彩电放在一旁,用手电筒在屋里照来照去,看看有没有值钱的东西。就在这时,忽然听见一阵急促的脚步声向这里奔来,他以为事情败露,急忙夺门而逃。

张华见从他家中奔出个瘦长条子,知道不好,忙高声叫喊:"抓小偷,抓小偷……"小偷一听,逃得更快,一会儿便没了影儿。

　　张华追了一程,没追上,便赶忙奔回家里,进门开灯打开木箱一看,钱没丢。再看其他东西,也一件没少。不但没少,门口还多了一台25吋的彩电!

　　张华开心得又在床上翻了几个跟头。他想:金丽萍提的三个条件,扒手和小偷给我送来了两个。现在只缺一辆凤凰牌自行车了。可爱的小偷先生,你再给我送辆自行车来吧!

　　打这以后,他每天吃好晚饭后,把门虚掩着,就出去散步。他走了几条大街后,再急急往家里奔。可是每次奔回家,门还是虚掩着,家里黑洞洞的毫无声息。他只得叹口气,自言自语道:"唉——小偷咋还没来?"

　　这天,他又外出散步,有意回家晚一些,当他快奔到家门时,不由心花怒放了。原来他见家里电灯雪亮,里面人影晃动。呀!小偷先生,你总算光临了!又见门口放了两辆凤凰牌自行车,他喜得差点高喊:小偷万岁!为了把小偷吓跑,他故意用脚在地上蹬得"通通"响。等他一脚跨进家门时,不由得呆住了。只见屋里果然有个瘦长条子小偷模样的人耷拉着脑袋站在那儿,可是在他身旁还站着两个全副武装的警察。

　　一个警察见张华跨进门来,便严肃地问道:"这是你的家吗?"张华紧张起来:"是……是……"警察指着书桌上的彩电问道:"这台彩电你哪里来的?"张华瞅了瘦长条子一眼,一下子答不出话来。

　　那警察回头问瘦长条子:"你偷的是不是这台彩电?"瘦长条子点点头:"是!"那警察又道:"拿了彩电,走!"瘦长条子抱起彩电走出门去。那警察又对张华道:"你也一起走!"

　　张华一听要他一起走,便强硬起来:"我没偷没抢,我不走!"警察道:"窝藏赃物,同样有罪!"张华蔫了,只得低着头,往公安局走去……

(赵丁兰)

自找没趣

阿西夫妻自结婚以来还从未红过脸,可那天晚上竟一反常态吵了个脸红脖子粗。争吵的原因是为了一笔三十万巨款的用法。阿西爱人小王说用这三十万元钱去买两套房子,一套送给她母亲,一套自己住,余下的钱存在银行里。阿西不同意,说这样安排,自己母亲那里摆不平了,索性都不送,用这些钱,两人出国去潇洒一回。

"不行!"小王属牛,也有股牛脾气,只见她柳眉一扬,态度蛮横地说,"我母亲那里非送不可。"

嚯,这一下阿西也有点火了,喉咙顿时响了起来:"不送就是不送,这三十万元非得好好享受享受。要不,干脆去买辆轿车开开……"

一来二去,两个人争了起来。小王手点阿西的鼻子说:"你这个没良心的,我妈把我养这么大,没要一分钱彩礼便把我嫁给了你,你却连送套房子都不肯,你……你真是黑了良心……"一边说,一边"呜呜"地哭起来。

阿西这人最见不得眼泪了,一见妻子伤心地哭了,当即软了下来,于是又是作揖又是道歉,用尽了浑身解数,连哄带骗,总算平息了一场风波。

第二天是星期天,小王一早起来开门,突然发现门拉手里塞着一张广告,她取下广告一看,看出事来了。原来,这是杭州一家叫做"金苑房地产公司"的售房广告,广告上说该公司在杭州近郊开发区建造了"金苑住宅区",目前商品房已陆续竣工,为了吸引更多的买房者,该公司独创新招,特推出"假日专车免费接送参观金苑新房"活动,还用老大的黑体字印着两句广告词"不买不要紧,看看最要紧……"

看着这份广告,小王像想瞌睡有人送过来一只枕头,当即笑眯眯地对阿西说:"阿西,今天正好是星期天,我们到杭州去看看房子,反正车子是白乘的。"阿西一听连连摇头:"算了吧,又不买房,去凑啥热闹呀?""嘿,不买又不要紧的。喏,你看,白纸黑字写着呢,'不买不要紧,看看最要紧'。我们先去看看,今后要买也好作个参考。"小王说着便将那广告纸硬塞到阿西手里,随后自顾自梳洗打扮起来。

说实话,阿西实在不想去看房,昨天晚上刚写出一篇故事的初稿,正想趁休息润色一下哩,可小王兴致勃勃,阿西又不敢扫她的兴,只得陪她去。

说来也正巧,阿西夫妻两人来到汽车站,迎面过来了文友周君夫妇。周君一把将阿西拖住,说是有一篇微型故事的稿子,编辑部嘱他修改,可他改来改去总觉得还欠缺点什么,所以要阿西帮着出出点子。小王一听急了,说:"嗳,这事晚上再说吧,现在我们要去杭州呀。"周君还想着那篇微型故事,迟疑片刻,说:"这样吧,让我妻子陪你去,怎么样?"

小王碍于情面,只得点头表示同意。于是,两位女士登上金苑公司的接送专车,而两位男士则到周君家里,修改故事稿。

在周君家待了大约有一个小时,那篇稿子改得差不多了,阿西心里惦记着自己的那篇新作,当即起身告辞,匆匆朝自己家走去。

到了家门口,阿西拔出钥匙正想开门,忽然听见室内有响动声,不由满腹疑虑,连忙屏住呼吸,将耳朵贴在门上。仔细听了一会,不错,房间里确实有响声,里面有人!阿西断定家中有贼,于是马上转身下楼,以最快的速度找到公用电话,结结巴巴地向派出所报了案。

不一会,派出所所长亲自带了两名干警赶了过来,他们猛地打开房门冲进去,只见室内一片狼藉,有个年轻人正在起劲地撬抽屉……

"不许动!"派出所的干警飞快地扑了上去,一个漂亮的擒拿动作,干脆利落地将那人的双手拧到了背后,然后取出手铐,"咔嚓"一声铐住了那个年轻人。

派出所所长定神一看,此人是个惯偷,人称"一摸准"。这一摸准平时专偷那些有钱的款爷,练就了一手绝活,无论你将钱藏得如何巧妙,只要他出场,总是一摸一个准。由于这一摸准平时作案手段狡猾,故时常被他逍遥法外,这次在作案现场当场被擒,派出所所长真是高兴极了。"嘿嘿,一摸准呀一摸准,想不到吧,你也会有今天!"

阿西望着那已被翻得乱七八糟的房间,气得七窍生烟,一把扭住一摸准,气呼呼地骂道:"你这个该死的贼骨头,真是瞎了你的狗眼,竟然偷到我家里来了?我可是穷工人呀,家里既没金也没银,哪里值得劳你大驾呀……"

听阿西这么一说,那派出所所长也感到有点奇怪,插嘴问道:"对呀,一摸准,你平时不是专偷大款吗,怎么这次竟偷到平民百姓的头上来啦?"

那一摸准好像还有些不服气,说:"你们别听他的,他们有钱呀,整整有三十万呢,可惜我手艺还不精,找了半天还是没有找到……"

"什么?"阿西吃惊得跳了起来,"三十万?笑话!我们哪来的三十万?就连三千元也拿不出啊!"

"好了,你不要骗我啦。告诉你,昨天晚上我偶然路过这里,听见你们夫妻两人正在为那三十万元钱如何用法争执不休。怎么样,有这回事吗?"

噢,原来如此!阿西这才恍然大悟,不由哈哈大笑起来,笑得前仰后合,连眼泪都掉了下来。

"怎么啦?"干警们全都疑惑不解地看着阿西。

阿西好半天才止住笑,向各位道出原委。原来,最近市工商银行推出"迎新春"有奖储蓄,一百元一户,以奖代息,特等奖奖金三十万元。昨天,阿西正好收到一笔三百元钱的稿费,便去买了三户。晚上无事,夫妻两人闲得无聊,便商量假若真的中到了特等奖,该如何去花那三十万元钱。

原来是这么回事呀,"哈哈哈!"干警们都笑了起来。

那一摸准却一屁股瘫坐在地上,后悔地说:"我绞尽脑汁一夜未睡,又起了大早将街上广告小姐送的金苑房地产公司的售房广告转送你们家。天哪,想不到竟会是这样的结果……"

(丰国需)

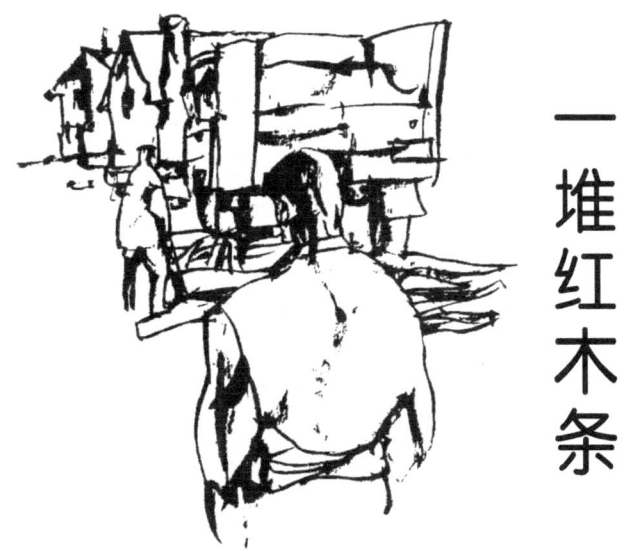

一堆红木条

　　最近两三年,上海有不少人家乔迁新居,市民家中各色红木旧家具急于处理,因此,许多旧红木家具店便应运而生。

　　沪上大大小小的家具店大多集中在西区,而西区又是外国人的聚居之地。于是,老外们逛旧红木家具店便成了傍晚的一道风景。他们每店必逛,兴趣特浓。

　　老外们来这里,大多是看新鲜,但也不乏行家,那个叫阿仁的就是其中之一。

　　阿仁是东南亚一家合资企业的工作人员,他不但是个中国通,而且爱好收藏,他跑旧红木家具店自然比别人更勤了。而且这一跑两跑,居然和好几家店的老板混得很熟。

　　这天,阿仁趁周末又来到"红房子"旧红木家具店,请店老板去附近喝茶,两人谈得很投机。

店老板知道阿仁有事,就拍了拍他的肩膀说:"老兄有事尽管说,只要我能办到的,决不推辞。"

阿仁凑上前去,诡秘地说:"老板能不能透露一下货源?"

店老板两眼一睁:"干嘛,你要抢我的生意?"

阿仁忙摆手道:"不,不,我只是想淘点真货而已。"

店老板并不说话,只是向后一靠,躺在皮沙发里,若有所思地望着天花板上的吊灯。

阿仁见状,忙从口袋里掏出一个红纸包,递上去:"这是两千元信息费,若淘着好的货色,再给。"

店老板挠了挠头皮,慢条斯理地说:"前天有个南汇的老农到店里说,他家有几口旧红木家具,想拖过来换点钱买化肥。"

阿仁两眼一亮,随即提出要店老板帮助,老板答应了。

星期天,阿仁起了个大早,简单地打点一下行装,就火急火燎地赶往南汇。

阿仁之所以如此不顾疲劳,那是因为他知道,沪上旧红木家具店的陈列品,多是经过"翻整"过的,都是些宰老外的货色,只能满足收藏旧货的好奇心,而不适合他这个真正的收藏爱好者的口味,他要的是"原汁原味"。

到了目的地,阿仁拿着店老板给的地址,凭着一口流利的中国话和一张黄面孔,很快便找到了那个老农家。

阿仁抬头一看,面前是一幢三层的小洋房,论气派与他的办公楼不相上下。为了尽早地看到他心爱的红木家具,阿仁迫不及待地按响了门铃。

一位五十出头的老汉接待了他,这老汉一张脸黑里透红,一双手布满老茧,阿仁见了心里觉得十分踏实。

老汉问明来意后,热情地接待了阿仁。

老汉告诉他说:"实不相瞒,我家并不缺钱买化肥,这门里门外的,你也是看到了。这几年我们农民富裕了,盖了新楼房,家里人吵着要装修,几口旧家具当然就派不上用场了。"

阿仁说:"那就请老先生带我去看看,可以吗?"

老汉摇摇头:"可真不凑巧,前些天被女婿要去了。"

阿仁大吃一惊,但仍不死心,凭着三寸不烂之舌,缠得老汉实在没办法,只好答应带他去女儿家看看。

到了女儿家,女婿也是一个好客之人,相互介绍之后,短短寒暄几句,就到了后厨房。

女儿说:"爹,你们迟一天来的话,就看不到这些家什子了。明天我家杀年猪,我正打算劈了做底火烧水。"

阿仁听了,又是一惊,庆幸自己来得及时,当下,随众人挑帘进屋。

屋里靠墙,黑乎乎地放着三口家具,阿仁凑近一看,惊得差点儿跳起来:一只大衣橱,一只茶几,一只方凳,很像是他两天前在《收藏家年鉴》上看到的珍品图片,那可是出自清宫的精品呐!

为了进一步证实自己的判断,阿仁全神贯注地察看,他这里敲敲,那里摸摸,还不时用鼻子闻闻……

一番折腾之后,阿仁深信不疑,心里暗暗叫道:"价值连城!价值连城!"

老汉见他磨磨蹭蹭的,就问:"你到底要不要啊?"

阿仁忙说:"要,要,当然要。"

老汉的女婿倒也干脆:"那开个价吧。"

阿仁脱口而出:"两万,怎么样?"

老汉、女儿、女婿,面面相觑。

阿仁见状,以为他们嫌少了,连忙说:"四万,好不好?"

阿仁见他们没有异议,便掏出现金,当场付清,并要他们把三口家具搬到院中,便于装运。

老汉觉得奇怪,这老外为啥出这么多钱买这些破家具? 便问阿仁："你买这些东西派啥用场？"

阿仁眼珠子一转，说："朋友开了家烤鸭店，烤鸭子需要很讲究的火候，用旧红木做底火最好不过了，这三口家具可做一年的底火，每次只要一小块就可以。"

老汉信以为真，长长地"噢"了一声："原来是这样。"

阿仁见三口旧红木家具已搬到院中，就飞奔出去，准备租汽车连夜运回上海。

可他万万没有想到，等他租了车回来一看，天哪！三口红木家具已成了一堆木块。

原来阿仁走后，老汉和他的女婿嘀咕开了，总觉得这么三件没用的东西，收四万元似乎太多了。反正他买去是做底火的，为了便于装车，全家动手，"乒乒乓乓"将它劈成了小块。这也算是服务周到。

阿仁一见这情景，浑身凉了半截，一下子瘫倒在那一堆小木块旁边了。

（阿　海）

钱 难 通 神

金钱并不是万能的,腰缠万贯的笨蛋,总归还是笨蛋。

半夜敲门声

　　"为人不做亏心事,不怕半夜鬼敲门。"清溪大队四十多岁的社员王善耕,为人厚道,心地善良,平日连蚂蚁也没踩死过一只,可"鬼"偏偏敲起了他家的门。这到底是怎么回事呢?

　　去年夏天,在富民政策影响下,清溪村的人就像八仙过海,各显神通:做手艺、搞种植、跑生意、弄饲养,恨不得多长几只手。可是,王善耕肚里少弯子,门外缺路子,只好守着老婆孩子,翘起屁股种稻子。王善耕的老婆看到村里人接二连三盖起了新房子,架起了电视接收天线,出门"嘀铃铃",手上亮锃锃,馋得口水拖出八尺长。她恨丈夫无能,怨自己命苦,气得鼻子一歪、嘴巴一翘,拉着孩子跑回娘家去了。

　　这一下把王善耕急坏了,他晚饭一吃完就倒在床上,翻来覆去想法子。可他把脑门都想裂了,却连头发粗那么条缝也没想出来。后又一想:我与其躺在床上活受罪,还不如出门乘乘风凉好。于是一骨碌下了床,拖着鞋,出门去了。王善耕来到门外一看,在灰蒙蒙的月色下,对面那座卧牛山静静地躺在那儿,那山上埋着他的父亲。一见此山,他脑海里像闪电一样,爆出了一个念头:捉鳖!

据说王善耕家从他太公开始,就以捉鳖出名了,经过几代相传,年长月久的实践,他们摸出了一套捉鳖的经验。这套经验传到他爷爷手上,已到了非常神奇的地步,王善耕的爷爷不但会捉鳖、孵鳖、养鳖,而且还会叫鳖,只要站在岸上"嘎嘎"叫几声,无论是潭底的鳖还是洞里的鳖,都会"噼里啪啦"爬出来,乖乖地让他捉回家。

后来,王善耕爷爷还写了一本关于如何捉鳖的书。可这本"传媳不传女"的书,传到王善耕父亲手里,却给他招来了大祸。在那十年动乱时期,王善耕的父亲为了弄点钱买粮吃,就偷偷捉了几十只鳖挑到街上去卖,哪知担子还没歇稳,就被一班头戴藤帽、手拿铁棍的人抓起来了。几十只鳖填了他们的肠胃不算,王善耕的父亲还作为"走资本主义"道路的代表人物,被押上台拳打脚踢狠狠斗了一通,后来回到家里,就口吐鲜血一病不起了。

王善耕的父亲在快咽气的时候,将王善耕招到床前,老泪纵横地用手比划来比划去,比划着这本书,一句话未说就去世了。

王善耕捉摸不透父亲比划来比划去的意思,猜他要这件心爱之物,就按照农村的习俗,含泪从箱底拿出那本书,装在一个铁盒子里,放进父亲棺材,抬出去葬了。

此刻,王善耕对着卧牛山父亲那座坟在想:要是现在能弄到这本书多好啊!可怎么把书拿出来呢?挖坟吗?不行。挖祖坟,自己脊梁骨不要被戳断呀!他想啊想,突然想起清明那天,自己到父亲坟上添土,看到坟碑边有个獾狗洞,当时只找了块石头塞了塞。是不是可以从那儿想想办法呢?对!看看去。

他踏着蒙眬月色,穿过田畈,绕过竹林,七弯八拐地来到卧牛山上父亲的坟前,一看,只见坟碑被撬了,留下一个黑乎乎的大洞。王善耕正想弯腰去看,突然从坟里"嗖"蹿出一个黑影,随着一个黑乎乎的东西朝自己飞来。王善耕顿时吓得魂不附体,"啊"惨叫一声就瘫倒了。

当他清醒过来以后,想起刚才遇到的情景,吓得跳起来拔腿就跑。可刚一迈步,脚下就"当啷"踩到一样东西,他慌忙弯腰拾起来,连滚带爬逃回了家。

他靠在门上"呼哧呼哧"喘了一通气,定了定神,然后低头一看,哈,手里拿的竟是那个装书的铁盒子,撬开一看,爷爷写的书正完好无损地躺在里面。王善耕高兴得一跳三尺高,心想:这真是鬼使神差啊!

过了几天,他一边抽空重把父亲的坟堆修好,一边按着书上写的办法,到河里试了一下,嘿,真灵验,只几个钟头就捉了满满两箩鳖。他把鳖挑到街上,就被人家围住了,你两只、我一串,一会儿工夫就把两箩鳖买了个精光。

王善耕卖完了鳖,从衣袋里抓出几大把皱里巴几的钞票,坐在担子上一数,竟有二百三十六元零九分。他看着这么多钞票,顿时呆了:啊!今天总共才花了这么点时间,就赚了这么多。这、这难道是在做梦吗?

王善耕的老婆得知自己的丈夫捉了鳖,发了财,也就高高兴兴地从娘家回来帮忙了。王善耕在前面捉,她在后面挑;王善耕过秤,她收钱。两人夫唱妇随,一搭一档,只几个月工夫,就把一个瘪塌塌的钱袋像吹洋泡泡一样鼓了起来,成了村里顶顶冒尖的万元户。

但是,好景不长。王善耕家只热闹了几天,"鬼"就敲门来了。

这天晚上,王善耕把参观的人送走以后,刚刚熄灯睡觉,就听到外面"笃——啪啪、笃——啪啪"的敲门声,他问了一声,不见回答,开出门看看,外面黑咕隆咚的,什么也没有。他以为是自己耳朵听错了,就闩好门又睡了。想不到刚躺下,外面的敲门声又响起来了,他以为是有人在跟他开玩笑,又去开了门,可把房前屋后都找遍了,仍没发现什么。这样一而再、再而三,闹得他心里疑惑起来。他想:要是有人跟我开玩笑,为什么要闹这么长时间呢?如果是人,为什么连脚步声也听不到呢?他越想越不对劲,急忙闩好门,将这个事情向老婆说了,吓得他老婆"哇"一声哭了起来,第二天一早,就带着孩子逃到村里他表妹家去住了。

王善耕家这个奇事一传出,村里马上闹开了,都说他家闹鬼了。有几个胆大的跑去一看,只见门上有个红不红、紫不紫的印记,印记上还有几只苍蝇在爬,于是就断定是鬼敲门留下的痕迹。这一下传闻变成了真实,闹得连天都要塌下来了。

这天,王善耕睡到半夜里,忽然又听到"砰砰砰"的敲门声,而且这声音比以往更响、更激烈。王善耕吓得一把抓过被子,蒙头蒙脑盖了起来,连气都不敢透。

后来仔细听听,好像还在叫自己的名字,他慢慢掀开被单,壮了壮胆问:"你、你是谁?"外面答道:"是我,'鬼不怕',我是来给你做伴的。"王善耕一听鬼不怕来给自己做伴,赶忙掀掉被子,跳下床,开了门,满怀感激地把鬼不怕迎了进来,又递烟,又敬茶,像侍奉长辈一样侍奉他。

这个叫鬼不怕的人真名叫徐步法,与王善耕是同年弟兄,由于他平时常干替死人穿衣戴帽、下棺闭殓的事,所以养成了死人堆里敢睡、坟堆里敢钻的胆量,因此,大家叫他鬼不怕。

鬼不怕抽过烟、喝过茶后,关切地问:"善耕,听说这几天家里不大安宁,是吗?""嗯。""咳,这东西也真奇怪,为什么不敲别人家的门,偏偏要敲你家的门呢?""就是啊!""哎,你得想想看,平日有没有干过损阴德的事呢?""这……"王善耕答不上来了。他想:我长这么大,从没做过伤天害理的事,只是那天晚上……鬼不怕见王善耕痴呆呆的,就帮他出主意说:"明天你去买点香纸,到你父亲坟上去烧一烧,消消灾,解解难。"王善耕点了点头。于是,两人就上床睡觉了。

连续几夜,"笃——啪啪、笃——啪啪"的敲门声,搞得王善耕精疲力竭、神魂颠倒。他眼睛刚合上,就看到父亲拄着拐杖来到面前,用拐杖"笃笃笃"戳着地面,愤怒地喝道:"你为什么要拿我的书?"王善耕想给父亲解释,但还没开口,就被父亲猛地推倒在地,用手掐住他的脖子。王善耕想站站不起,想喊喊不出,急得抱住父亲的身子在地上乱滚,结果"呼"地滚下了万丈深渊……

就在这时,他隐隐约约听到有人在喊,赶忙睁眼一看,发觉自己正滚在床下,手里抱着鬼不怕的两条腿。原来,是自己做了一个噩梦。

第二天,王善耕就按照鬼不怕教的办法,买了点香纸,到父亲坟上去拜了拜。可到了晚上,敲门声还是照样响起。王善耕心里就更慌了。他问鬼不怕怎么办?鬼不怕皱着眉头想了想,说:"我看别的办法没有,只有把屋卖了,另外造一幢。"王善耕一听卖房子,头摇得像拨浪鼓。"那、那搬到别人家去住!"王善耕仍旧直摇头。鬼不怕作难地说:"咳,这可怎么办呢?我总不能不干活、不吃饭,天天来陪你呀!"王善耕想:是呀,这几天鬼不怕为了陪伴自己,起早落夜,花了不少心血。有道是"有恩不报非君子",我总不能光顾自己不顾人家呀!想到这里,他用商量的口气说道:"你看这样行不?晚上你来陪我,白天我们一起去捉鳖,不管捉多少,对半分!""嗯,办法倒是个办法,可惜我水里活儿是不在行的。""那没关系,你只要帮我挑挑、卖卖就行了。"鬼不怕一听，点点头同意了。

第二天，他们就下河去捉鳖，卖了两百多元钱。晚上鬼不怕高高兴兴地推开王善耕家的门，等着分钱来了。

王善耕从衣袋里掏出钞票，拿起其中的一叠，正要递过去，突然，大门"咣当"一声开了，从门外闯进一个人来。两人抬头一看，来的是大队党支部书记老周。

只见老周走到鬼不怕面前，用命令的口气说："把手伸出来!"鬼不怕一听，吓得心里"咯噔"一下，惊慌失措地连连后退了几步。他一缩手，正要朝屁股上擦去，说时迟、那时快，只见老周一个箭步冲到鬼不怕跟前，"啪"把鬼不怕的手捉住了，拉到电灯下一看，鬼不怕手板上殷红淋漓的都是血。

这是怎么回事呢?

原来，鬼不怕过去也是个勤劳人，后来他看到干好干坏一个样，就耍起滑来，渐渐地就变得好吃懒做了。

实行生产责任制后，家里分的田他怕做，看到别人富又眼红。为了寻找一条发财致富的捷径，他想起了当年给王善耕父亲闭殓时亲手放进棺材的那本书，就趁夜深人静的时候偷偷去盗墓了。当他摸到装书的铁盒后刚钻出来，正巧遇到了王善耕，他一时做贼心虚，吓得一甩铁盒就没命地跑了。后来，他发觉王善耕突然学会了捉鳖，才如梦初醒。为了向王善耕骗取钱财，他捉了几条黄鳝杀了，将血涂到了王善耕的门上，制造了一出闹鬼戏。

王善耕听了鬼不怕的交代，才知道门上那个红不红、紫不紫的印记的来历。但黄鳝血与"鬼"敲门的关系他还闹不清，正开口要问，老周说话了："走，我们抓'鬼'去!"说着，关掉电灯，关上大门，拉着王善耕来到门外，蹲下身子，屏息静气地观察起来。

过不多久，"鬼"果然就敲起门来了。老周马上猫下身子，轻手轻脚走到门边，一纵身，"啪"抓下了一只黑乎乎、毛茸茸的东西,递到王善耕面前,说:"喏,这就是敲门的'鬼'。"王善耕一看,大吃一惊:"怎么,原来是蝙蝠?"老周哈哈一笑,说:"对!蝙蝠对黄鳝血有一种特殊的爱好和敏感,在很远很远的地方就能闻到这种气味,所以就成群结队地赶来吃了。一只冲下来啄一口,拍拍翅膀飞了,另一只又冲下来了。这种'笃——啪啪、笃——啪啪'的声音,听上去就像人敲门。自从你家闹鬼奇闻传开后,我观察了好多天,才弄清其中的奥秘!"

王善耕听了老周这番话,感动得眼泪也掉了下来。他一把握住老周的手说:"这次要不是你,我真要被'鬼'缠死了!"这时,他忽然想起鬼不怕当面装人、背后装鬼的恶劣行径,气得咬了咬牙说:"鬼不怕呀鬼不怕,今晚若不把你打个半死,我王善耕不算人!"说着抬腿踢开了大门,"噔噔噔"冲进去,伸手就去撸棍子,一撸二撸没撸着,拉开电灯一看,鬼不怕正缩在墙角里嗦嗦发抖。王善耕的心顿时软下来了,他不由自主地从衣袋里掏出刚才那叠钞票,走到鬼不怕跟前说:"只要你以后好好做人,这鳖还是我们一起捉!"说着,把钞票塞了过去。

鬼不怕顿时呆住了,羞愧得不知说什么才好。

（刘志华）

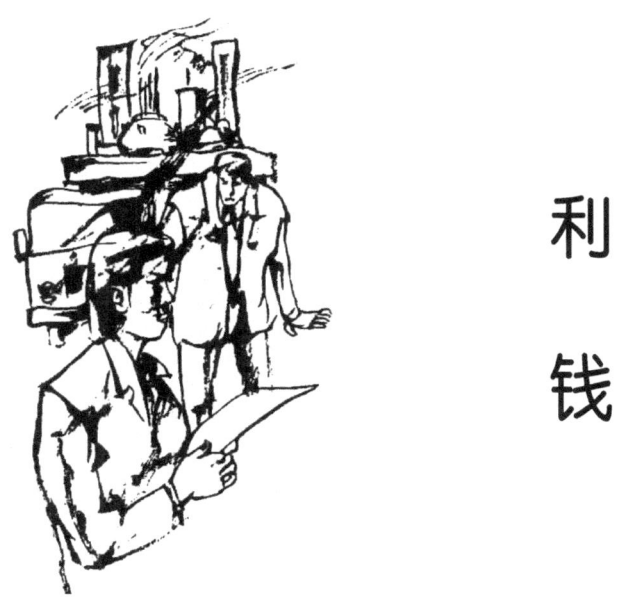

利

钱

　　朱宅镇上有家人家,男的叫陈发,女的人称发家婶。五年前的冬天,陈发哮喘病发作,撒手丢下结伴三十多年的发家婶和女儿月荣,一去不回。发家婶哭天喊地伤心过后,拉着月荣干上了推小车摆摊的活儿。后来,月荣在县城承包了一家饭店,五年中竟也挣下了万儿八千的。母女俩凭着自己一双手,如今终于熬出了头。

　　今年春上这一天,发家婶正在院子里装货,只听得院门外一阵喇叭响,一辆"小霸王"面包车眨眼就到了院门口。车门开处,走出来一个矮矮胖胖的男人,发家婶惊讶万分。

　　这是发家婶丈夫陈发的堂哥,名叫朱世鸿,在县里当副县长。只因陈发死的那年冬天,发家婶等着钱用,她曾上县里找过朱世鸿,求他帮忙要一张蔗票砍蔗。朱世鸿说他不能带头走后门,一口回绝了。从那以后,两家从不来往。今日,是什么风把他吹上门来了呢?

思索间,朱世鸿已经走了进来,满面堆笑地招呼说:"婶子,你早啊!"发家婶碍着情面,只好给他端凳让座。

朱世鸿问了她的家常,夸了她的新建房,又东拉西扯一阵,随后话题一转,说:"婶子,听说你生意兴隆,手头阔绰多了!"

发家婶一听就来气,有意将他的军:"这还不是逼出来的!想月荣爸死的那年,我连买盐的钱也没有,砍蔗票要不到,我狠了狠心,硬是拉着月荣干上了。"

朱世鸿有些尴尬,"呃"了一声,说:"那都是过去的事啰,想当初,我也是迫不得已。好在今日婶子已成了人人敬慕的万元户。不怕婶子见笑,今天我是向婶子借钱来的!"

什么?发家婶几乎怀疑自己的耳朵。借钱?身居要职的朱世鸿会来向她借钱?朱世鸿好像看出了她的心思,挺难为情地解释说,他虽然身为副县长,其实只是名声好听,外头光亮,内囊空瘪,他妻子这段时日身子不好,打针吃药,加上人来人往,手头紧得很。他举起两个手指头,开口要借两万元。

这个数目把发家婶吓了一跳。别说她没有这么多钱,退一万步说,就算有,她也不想借给他。那年上门要蔗票,他不但不肯帮忙,而且连口茶水也没招呼她喝。这种一毛不拔的人,发家婶不想和他打交道。发家婶冷冷地说:"你要借钱,我看是走错门啦,你也知道,婶子我是小户人家,哪有你要的那个数!"

朱世鸿回头朝院门外面包车上等着他的司机瞥了一眼,压低声音说:"婶子,我这借钱跟别人不同,我不要你给钱,只借个数字,一年为期,到期还按高于银行存款的年利率付给你利钱。"

发家婶如同在听天外奇闻。世界上有这样的事么,借钱不要钱,还要给债主付利息? 她以为朱世鸿在开玩笑。朱世鸿却认真地说:"说定了,一年后付你一千六百元利息。"说罢,从衣袋里掏出一张写好的纸条,递给发家婶。发家婶上过小学,认得几个字,出于好奇,接过纸条一看,只见上面写着:兹借到陈发家现款贰万元整,此据。下面是朱世鸿的签名。

发家婶心里挺疑惑,抬头问朱世鸿:"你说你手头紧,要钱用,可只借去几个空头数字,那你不还是没钱给嫂子看病?"朱世鸿神秘地说:"这你就别管了。今日事只有天知地知你知我知,日后有人问起此事时,你就说我确实向你借过两万元。但要记住,不能把我光借数字的事抖出来。当然,因为我不真拿过你的钱,所以一年后不需还钱,只付利息。"

朱世鸿说罢起身告辞。发家婶不想留下这张谜一样的借条,可是没等她把借条退还去,朱世鸿已经转身摇摇手,大步出了门。

朱世鸿走了,发家婶拿着这张借条,坐也不是,站也不是。她把借条上上下下看了两遍,一阵发呆:朱世鸿不是傻瓜,他为什么要做这样赔本的事呢? 对了,大概是嫂子现在重病在身,他遇着我当年一样的处境,知道难受了? 人总有大彻大悟的时候,他一定是想到以前对我不好,今天故意来送我一笔钱,以补偿以往的过错。想到这里,发家婶心里一阵轻松,便放好借条,继续在院子里忙开了。

这晚,正巧月荣从县城回来,发家婶本想把借条的事与女儿说说,但话到嘴边又吞回去了。发家婶心里说:别说了,等拿到了利钱再告诉她。我白拾了这么多钱,到时说不定会吓她一跳。

眨眼间第二年春天又来了,算起来朱世鸿送来借条已有一年了。他当初说过一年后还利息的,可春天过去了,朱世鸿没来;夏天过去了,不见他来;秋天过去了,还是不见他的影子。发家婶不免心里存下疙瘩:莫非这借条里有花样? 当冬天到来的时候,发家婶沉不住气了,或许是她又想起了陈发死的那会儿朱世鸿无情无义的样子,她趁进城进货的工夫,气冲冲寻上了他的家门。

朱世鸿正好在家,发家婶道明了来意,可怎么也料不到,朱世鸿竟然怔怔地看着她说:"借钱? 我借过你的钱?"发家婶以为他是贵人多忘事,说:"那是去年春上的事,你还给我写过借条哩。看!"说话间,把借条掏出来,递了过去。

朱世鸿想了半天,一拍脑门,说:"啊,我记起来了,是有过那么回事,我当时正遇上了一件麻烦事,不得不给你写了这张纸条。可我并没有真拿过你的钱,是不是?"发家婶点点头。朱世鸿笑了:"那你今天来得正好,我就当面谢谢你!"

发家婶见他嘴上说得好听,却没有给钱的意思,便提醒说:"你答应过,付给我利钱。"朱世鸿一愣,说:"你帮了我的忙,我应该答谢你。不过,婶子不是外人,我就直说了,我的日子也不好过呀!"说话间掏出一张"大团结",递了过来,"给,小意思,拿去买车票吧!"

发家婶不接:"按咱们说定的,不止这个数呀!""是多少?"

"你开过口的,一千六百元。"朱世鸿哈哈笑起来:"婶子,你不是在说梦话吧? 我不真借过你的钱,能给你一千六百元么?"说罢,看了看手表,"哎呀,都十点了,我还要参加一个会议呢!"发家婶还想说下去,朱世鸿已经站起来送客了。

发家婶回到家里,心头一直堵着一团气:哼,好你个朱世鸿!你不打算给我钱,当初就不该糊弄我。这时,有个邻居来串门,发家婶正在气头上,便把被朱世鸿糊弄的事说了出来。邻居给她出主意说:"这个人真不是个东西,他来初一,你报十五,干脆要他还两万元,反正他写过借条。"哎,这主意不错!发家婶一高兴,第二天就要往县城跑,可临出门的时候,人就像漏了气的皮球——瘪了。你道为啥，她想起来了，这借条昨天还给朱世鸿了。条子在人家手里，他怎么会认账？

发家婶越想这事心里越气，气得心口阵阵痛。这天，她正在家中思量如何出心中这口气，女儿月荣回来了。发家婶还没等月荣坐定，便急着把朱世鸿向她借钱的事前前后后说了一遍。月荣听罢就叫了起来："妈，这事你咋不早说？"发家婶想起当初自己还想等拿到利钱吓女儿一吓，心里只有苦笑。月荣看着母亲这个难受样，不忍心再多说什么，沉思半晌，说："妈，咱这位当副县长的堂伯，平时一毛不拔，六亲不认，可突然答应白送你一笔利钱，这里面一定有名堂。哼，我要叫他自己把利钱送上门来！"说罢，又低声对母亲如此这般耳语了一阵。发家婶听着先是一惊，而后脸上渐渐露出了笑容，伸指在女儿额角一戳："你呀，妈把你生错了，你该是个有谋略办事的男子汉！"

果然，一个月以后，这一天，朱世鸿坐着"小霸王"来了，可推门进屋，看到的却是屋左壁下停着的一口新棺材，上面加了盖，旁边的灵台上还点点烛香。朱世鸿呆了足足有几分钟，嘴里喃喃着："死了，死了！"忽然，他身子一晃，扑到棺材上，一边举着手里的皮包，一边说："婶子，你看见了吗，利钱我给你带来了，你不该死呀，真不该在这个时候死呀！"他绝望地拍打着棺材，震得棺材板"嘭嘭嘭"地响个不停，拍打了一阵，又仰面一阵狂笑。

笑罢，朱世鸿一副失魂落魄的样子，哭丧着脸说："婶子，你害得我好苦呀！你也许不知道，我哪需向你借什么钱啊，只因我用公家十来万元钱建了一栋楼房，上面怀疑我经济来源不清，要我交代建房钱是从哪里来的。我不得已说绝大部分是借来的……"朱世鸿嘀嘀咕咕说了老半天。原来，他谎说建房钱是借来的之后，市里便派工作组下来追问此事，一定要他具体说出是向谁借的钱，写出被借人的名字。于是他便把一串亲朋好友的名字写了上去，每个人名下分别借了一万或数千元。分摊到最后,还有两万元没有人承借,思来想去,他绞尽脑汁想到了发家婶,因此才有了那张空头借条。

他说,因当初事急,他信口答应付给发家婶利钱,后来事情糊过去了,他心里的石头落了地,便翻脸不认了。想不到最近市里又派工作组来复查,因为发家婶上门问他要过利钱,他担心发家婶把事情捅出去,所以今天特地带了一千六百元钱来,却想不到……

朱世鸿一边说,一边又拍起了棺材板。突然,他觉得棺材板似乎在动,他以为自己看花了眼,伸手揉揉眼睛仔细看去,不错,棺材盖板确实在动。朱世鸿从绝望中惊醒过来:这是怎么回事?

不容他多想,棺材盖板已经移开去,"咚"的一声落在地上。一个人从棺材里挺身坐了起来。

朱世鸿叫着:"闹鬼啦,来人呀!"这人从棺材里跳出来,说:"朱副县长,我不是鬼,你仔细看看吧,我是谁!"朱世鸿觉得声音好耳熟,定睛看去,他面前站着一位二十七八岁的年轻人,捧着一台录音机,两只眼睛正一眨不眨地注视着他。天呀,这不就是当初自己把他推荐到市纪检委、这次正好下来复查他建房事的工作组的小江吗?

小江冷笑一声,说:"朱副县长,我们花了九牛二虎之力查你建房的经济来源,一直得不到你的配合,想不到今日你对着棺材,竟把真相都抖出来了。我已经录下了音。谢谢你啦!"朱世鸿一听,脸立刻变白了,脑门上沁出一颗颗豆大的汗珠。

这当儿,发家婶和月荣从里屋走了出来。发家婶说:"为了教训你,我听从了月荣和小江的安排,果然……"朱世鸿如梦初醒,懊悔不已,无可奈何地垂下了脑袋……

(黄果心)

上当

　　每天一到上午十点多钟,东关的驴马市就渐渐热闹起来了,卖牲口的、买牲口的、专门给人帮嘴挣两个零花钱的,一片讨价还价的嚷嚷声,再加上驴叫马嘶牛吼,整个儿没有一处清闲的地方。

　　这天,市场上最引人注意的是一匹八岁口的枣红骒子。这是一匹好牲口!但见:头至尾七尺,蹄至耳五尺,麻秆儿细腿,倒扣茶碗似的蹄子,身架匀称,膘肥体壮,屁股像个西瓜蛋子。尤其是它的一双眼睛,明亮有神,望望这、瞅瞅那;一双竹签似的小耳朵,随着眼神转过来、转过去,从容镇静,不露一丝怯。没说的,是匹灵性牲口。

　　这会儿,围着这匹枣红骒子的人都乱哄哄地同骒子的主人搞价。说起这匹骡子的主人，是个十八九岁的毛头小伙子：寸头，穿一身半新的蓝布棉袄，可能是由于赶了长路，全身上下蒙着一层尘土，显得土眉土眼的。他见围过来这么多人，一时竟说不来话，结结巴巴的，脸涨得通红，让人一望而知，这是个从未出过远门的山里人。

听到有人在问价，他"吭吭哧哧"地说："我爹病了，要住院。医院里要两千元押金，我娘说了，这骡子少了两千不卖。"

"轰"的一声，围看的人哈哈大笑起来。

一个老贩子笑着说："哪怕你屋里的顶塌下来，啥东西该是个啥价就是啥价。眼下骡子的行情是一千上下，就说你这匹牲口好得很，一千二，到头了。你一张口两千，这是金骡子还是银骡子？"

"我娘说的，少了两千不卖。"小伙子慢吞吞地又说了一遍，惹得人们又笑起来。

一个贩子故意逗他："我出两千零五，卖不卖？"

"我娘说过，多卖的钱让我吃顿饭。"

大伙又哄笑起来，一个贩子开玩笑说："还实行经济责任制呢。"

不管咋说，这匹牲口是好牲口，这个生意不能轻易放过。一群人围着他，其中有真心实意想买回去自己使唤的农民，也有想转手挣一笔的贩子。这些人一会儿七嘴八舌地围攻，一会儿单枪匹马地劝说，想让这个嘎小子把价钱降下来。更有佯作生气的样子故意走开，可见小伙子不理不睬的样子，又只好返回来，生怕生意让旁人抢去。

但不管这群人使千招用万术，嘎里嘎气的小伙子始终那句话："我娘说了，少了两千不卖。"

这真是"你有千条计，我有老主意"，倒让一群见过世面的人没了主意。

不仅如此，小伙子像是不愿意让人围起来似的，牵着骡子到处溜达，一上午竟把偌大的驴马市都跑遍了，害得几个老贩子跟在后面腿都走酸了。

转眼到了中午，在那些人当中，有的彻底失望了，狠狠骂了一通走了。有走的又有来的，来来走走，小伙子到哪，跟着的人始终是一群。

大家肚子饿了，有人邀小伙子去馆子里吃饭，想和他在饭桌上谈买卖。小伙子一听，赶忙摇头："我娘说过，吃了人家的嘴软，拿了人家的手短。"

他牵着骡子，站在卖凉粉的摊子旁，掏出皱皱巴巴的五毛钱买了一碗凉粉吃。吃过，他又说骡子饿了，要喂骡子，拉着牲口到不远处的菜市上找菜叶，害得一群人又跟着他逛了一回菜市场。

冬天日子短，到下午四五点，起了冷风。终于有一个老农开口说："小伙子，两千就两千，我要了。"

别人都吃了一惊，有人直嚷"太贵"。

那老农像是自言自语，又像是对大家说："庄稼人，有个好牲口要当半个家。再说，小伙子的爹要住院，治病救人，也不是小事，我权当做了件好事。"

老农说完，从怀里掏出钱来，有伍拾的、拾块的、伍块的，还有贰块的和壹块的。

小伙子似乎从来没见过这么多的钱，笨拙地接过钱来，每数完相同面额的一扎，就用树棍在地上记个数，再解开棉袄纽扣，放进贴胸一个半新的黄布背包，随后把纽扣扣好，再数下一扎。就这样，两千块钱数了好长一会，最后还蹲下身去，像小学生似的在地上做加法运算。

长话短说，钱货两清，这边老头牵着骡子便走不提。单说那个小伙子，转身走了不远，就有一个三十来岁的人追上来说："同志,我有块金子,你要不要? 本值三千的,你要,就两千五拿去。我急着钱用,不然的话根本不卖。"

小伙子摇摇头说:"我爹病了,住院要交两千块钱,我也没钱。"

那人刚要再说什么,从后边气喘吁吁地来了一个也是三十来岁的中年人,对那个先来的说:"你这个同志,买卖不成仁义在,我又没有说你啥。至于价钱,自古以来就是讨价还价,你不同意我的价,我们再搞……"

他的话还没完,先来的就气呼呼地说:"你快走快走! 我这东西就是两千块卖给别人,也决不会两千五卖给你,你不是干买卖的人!"

他们俩,一个苦苦求情,一个连训带骂,小伙子傻兮兮地站在旁边看热闹。

一会工夫,那个先来的人走了,后来的自然没法啦,只好对小伙子说:"同志,那人有块'黄货',能值三千。刚才我和他谈崩了,好歹不卖给我。求求你帮帮我的忙,给我两千五买回来,我给你一百块钱作辛苦费。"

小伙子一听乐了,说:"行,给我钱。"

"不行啊,我的钱都是一百的,刚才他看见了,你要是拿上去,他一看就知道。"

"可是,我只有两千。"

"不要紧,我给你五百,夹上几张他认不出来。"

等说妥,两人抬头,见那先来的已不见了踪影。

后来的汉子急了,说:"赶紧追。要让他再找到别的买主,这生意就完了。"

两人紧赶了一阵,终于追上了。

中年汉子火急火燎地递给小伙子五百元,嘴里直催:"快去! 快去!"

不用说，小伙子顺利成交。可等他返回来时，刚才还在的中年汉子却不见了。

于是他伸长脖子到处傻找，一路找来，不知天高地厚，他竟找到了公安局里。

推开一扇门，见几个警察和那两个中年汉子都在，小伙子便高兴地喊："这位大哥，我到处找你，你怎么到这里来了？"

那两人大吃一惊，心中暗暗叫苦不迭。

一旁几个警察一齐大笑起来，其中一个小伙子说："小张，戏已经演完了，你快去吃点东西吧！"

直到此时，两个汉子才知道眼前这个貌不惊人的嘎小子是警察，不由连呼"上当"。

原来，近一段时间，公安局接连接到报案，说有几个骗子专门唱双簧骗农民的血汗钱。望着一个个农民兄弟气愤痛苦的样子，小张这个刚从警校毕业的农家小伙子怒火直冒，他和同志们反复研究案情，巧定妙计，又连夜赶回家中，牵来了自家的枣红骡子，并请他三叔一同来扮演了这出有声有色的戏。为使"道具"不真的被人买走，他故意出高价，拉着牲口到处遛，目的就是为了寻找骗子；而且始终装出笨拙样子，好引骗子上钩。一直到在人群中发现了和报案人描述很像的那两个中年汉子后，小伙子才给他三叔使暗号，于是这位老农上来，用早晨从会计那里借来的钱装作买走了骡子；数钱时又故意磨蹭，提醒暗中监视的同志发现目标；在买所谓的金子时，身后那个中年人已被带走，成交后的那个家伙也同时抓获。小张这才悠悠然胜利归来，三路人马会师。

这才是：螳螂捕蝉虫，黄雀在后头；奸人行骗时，更有捉奸人。

（赵鸿骥）